幸田露伴 著

一国の首都

ありうべき首都論と「水の東京」

和田宗春 訳

はる書房

本書は岩波文庫『二国の首都』（第三刷、二〇〇九年七月刊）をもとに訳出したものです。

まえがき

この本は『一国の首都』(明治三十二年)と『水の東京』(明治三十五年)を現代語訳している。「一国の首都」はどこの国の首都にも歴史があり、そこの住民の気持、感情も町から影響を受け、その逆もあることをいっている。

露伴は江戸から東京へ移り変わる時期をとらえて、徳川幕府から薩長土肥中心の政権へ移行するなかで、都民《みやこのたみ》の心と指導者たちの有様を徳川の側からみて描いている。この思い入れは、江戸のお坊主衆の系譜という、彼の出自が影響していると思われる。

たとえば優勝者と敗者の態度、庶民の生活、東京の構造などの論評と政策提言を行なっているが、現代の視点からみても頷《うなず》ける提言があり、露伴の社会啓蒙家としての立場が明示されている。

首都東京を愛するという自覚から、世界にむかって積極的に着眼することも強調する。

そして最も注目すべきことは、二つある。その一つは元来は異端、少数として隔離される存在であった遊廓から発生した風情が廓外で進んで取り入れられて流行することを露伴が嘆いていることである。そう考えると平成の今日のわれわれの日常に、そのまま当てはまる。一般社会の劇場化である。

スペインの哲学者オルテガ・イ・ガセットの『大衆の反逆』（昭和四年）と読みあわせるとおもしろい。露伴がオルテガより三十年以上前に大衆の道徳欠如をついている鋭さがある。洋の東西を越えて、大衆、庶民の不定見でわがままな普遍性をうかがい知ることができる。

そしてもう一つは、都民《みやこのたみ》が首都東京に住んでいることを自覚することで東京を首都として国内はもとより、世界の東京へと発展させていくべきと断定していることである。

露伴は東京への愛郷心と国への愛国心を併せもつことを要求する。すべての判断の原点は大所に着眼すること、自然にまかせず意志、意欲を大切にする生き方を説いている。

「水の東京」は今日では暗渠《あんきょ》になってしまった川が目の前に流れていた状況を再現している。これには本人の釣りの趣味も関係している。バケツの水の扱い方を娘、幸田文《あや》に厳しく躾《しつ》けた露伴は川への関心も広く、深くもっていた。そして隅田川を中心にした川の風景の移り変り、渡し場など都民の生活との関わりに触れている。東京が川にはさまれていて川と切り離せない存在であり、当然のことながら川の終着としての東京湾も水の東京の一部であると書いている。

東京都議会議員・訳者　　和田宗春

一国の首都——ありうべき首都論と「水の東京」——　目次

一国の首都

一国の首都は、たとえてみれば人間の頭のようなものである。いろいろと重要な器官が集まっていて、身体の保持や運動はここから発信され反応をうけとめる。

こう考えると首都の権力は全国にむけた大きいものであり、首都の状況の善し悪しが地方におよぼす影響は、頭の状況が全身のそれにあたえるのと同じである。

首都の状況がまったく悪いのに、その国の運命がすばらしく旺盛というようなことは、絶対にあり得ない。首都にはとにかく国の運命が関わっていて、一個人の住宅や一時的な腰掛けのようにみるべきではない。

首都の建築物など物理的な状況は、全国を先導するものである。すなわち首都の建築上の様式、市街地のたたずまい、道路構造などはやがては他の都府、市に影響し他の地方都市が徐徐に首都のようになるのは、明らかな事実である。この事実は明治以降の地方都市の変化を見ればだれもが認めるところである。

首都が国民の言語、風俗、思想、習慣、制度に大きな影響を与えることも、明らかなことである。すなわち首都の住民の好みは全国民の好みとなり、首都の住民の思想はやがて全国民の思想となるなど、形にあらわれない変化を各地方都市に首都があたえることには、いちじるしいものがある。この事実は東京がまだ江戸だった時代から、住民が認めてきていたところであり、交通機関が整備されることによって、さらに加速度的に明らかになってきている。

首都が全国におよぼす影響力は大きく激しいのである。すなわち首都の状況が混乱している時には、全国はすぐさま悪影響をうけることは明白なのだ。首都を智恵のある人は等閑《なおざり》には観察しない。

首都が全国におよぼす影響はともかくとして、全国が首都におよぼす関係は不健全な身体に健全な頭脳が備わらないのと同じで、疲弊した国民が繁栄した首都をもつ理由《わけ》もなく、富の力、徳の力、智慧の力が満ちた国民が劣悪な首都をもつ道理もない。この相互関係は智恵のある人が必ず認めるところであるが、ただある瞬間だけをとらえて見ると首都が栄えて国は衰えている印象がないとはいえない。しかしそれは一瞬のことであって、身体の衰弱した人が、ある時に脳力が冴えるようなものである。近いうちにこの関係は明らかにされるはずである。

そうなると首都は国民の健康度合を測る検査機のようなものである。首都は国民を代表するものである。国民の富の力、徳の力、智恵の力が充実しているかどうかは、首都が代表してあらわしているといっても過言ではない。

以上の二面を観察すれば、首都は個人の住宅、腰掛け、一時の足留めというばかりでなく、また単に首都であるというだけではなく、全国の指導者、代表者として存在しているといえるのではないか。

そうなれば首都は住民の首都にとどまらず、全国民の首都であるということは論をまたない。帝国に住んで、わが日本国の首都である東京を愛さなくてよい、という国民がいるはずがない。首都が素晴らしければその素晴らしさを享受すべきである。首都が悪ければどうすればよいのか。自分の身体と思えば眼がくらみ、耳が鳴り頭が裂けようとしても大切に思うのに、国の首都が悪いからといって悪い首都、悪い首都というだけで何の手もつけず捨てておくという道理があるだろうか。

悪いものは悪いというべきで、善いというべきではない。しかし改めることになんの遠慮もない。国民として首都を愛せないのは、自分の頭を愛せないような愚か者といえるだろう。国民はだれでも首都の善悪から影響をうけるのだから、善いことを増すような施設、悪いことを改めるような手段などに望みをもって、眼を注ぎ発言する権利も義務もある。

詩人や小説家などは、ともすれば都府を罪悪の巣窟《そうくつ》のように見て、村落には天国が実現しているかのように手放しで評価している。すべてに観察力が鋭敏に過ぎて行動が乏しい詩人、小説家などが、都市を好かず村落を愛するのはいた仕方ないとしても、悪いものを悪いと捨てておくことは憐みと思いやりのある仁恕《じんじょ》の道ではない。あながち都会が悪いとする理由しかないわけではないのだ。

詩人、小説家などに不和雷同して、無責任に都会を嫌悪して嘲罵《ちょうば》するだけであってはならない。観察力の鋭い人からはその成果をもらい、思考の材料として改善の方法を定めるのだ。

わたしたちは自分から、都会を棄てるような言動をする国民であることに、納得することはできないはずである。

ではいまの国の首都である東京の状況はどうであろうか。評価すべきものが多いのかどうか。首都として満足すべきなのか、満足できないのか。多少でも満足するところがあれば一言の批判もなくてもよいのだ。

都府とは何だろうか。いうまでもなく自然の地盤に人間が建設したものだ。そこで都府の状況の善し悪しから生じてくるすべての重要なことは、都府を形成する人間の感情にあることは明らかなのだ。

都を愛する人はよい都に住み、都を愛する心の薄い人は満足できない都に暮らすことになる。たとえば家の庭でも主人の愛情が厚いか薄いかは、手入れに影響するのである。愛されていれば犬でも毛が輝き、愛されなければ尾にも力がなくなる。愛情はすなわち木に対する日の光のようなもので、これを浴びると生長し発達し繁栄するが、浴びないと衰え萎縮し枯れていくのだ。

もとより都府は人間が建設したものであるからには、愛情によって、状況も変ってくることに疑いはない。そこで都府の状況を考えるのに先だって、国民が都府にどう愛情を感じているかを考えるのが順序であり、都府を考えようとする人はこの点に必ず注意すべきである。さらに都府の状況を安全で立派にしようとすれば、まず国民が都府を愛することが一切の行為の根底にあるべきだ。

べらぼうめえ江戸っ子だい

いまの東京市民や国民は、首都である東京に真面目に、厳密な意味で愛情をもっているのかどうか。

かつての江戸っ子が江戸を愛したように燃えるような意気、情熱をもっているか。江戸っ子が江戸を愛したのは、江戸っ子という言葉、すなわちその人と土地を緊密に結びつける言葉を発したときの情緒を尋ねれば、だれでもはっきりと解釈できる。たとえ大都市の住民であるという多少の見栄があって自慢したとしても、いわゆる江戸っ子が「べらぼうめえ江戸っ子だい」と喝破《かっぱ》する気持は「自分は江戸の人間である、江戸の人間は卑劣なことをしない。明るく、弱い者を助け強い者をくじく任侠心で励むのは江戸っ子の面目《めんもく》で、江戸っ子である以上面目を保つべきだ。自分は江戸っ子である。愛する江戸の人間である」といううむきがある。

たとえば武士の身分である人が自分を武士であるという場合には、武士の尊厳を汚すべきではない、と自分に緊張を与えて武士道に背かないという含みがある。江戸っ子が江戸を深く愛しているということである。これらのくだりは江戸時代の小説、戯曲などで多くを笑いにしたり、人情の大切さの発露として取り上げられてきたが、一、二の例にとどまらず広く知られていることである。

ところがいまの東京の住民はどうだろう。世の中が変ってきて無駄な見栄を悦ばないというのならともかくも、自分は東京っ子といって東京を尊重し、東京っ子である自分を尊重する人のなんと少ないことか。これは東京が江戸にくらべて、愛したくなる状況がないからであろうか。

東京がまだ混沌としていて、整備されていないためであろう。たしかにまだ東京は未完成である。そうであれば、自分は東京っ子だという人が少ないのは当然である。さらにまた交通が便利になったことによって地域的な愛情が少なくなり、かつての江戸っ子よばわりしたほどは、今日の東京っ子よばわりが少なくなったのは道理である。

そこで江戸っ子よばわりした昔と、東京っ子よばわりしないいまをくらべて、すぐさまいまの住民が都を少ししか愛してはいないとはいわないが、いまの住民が首都を盛んに愛している証しがみられない憾《うらみ》はある。

都域外の住民はともかく、その土地に住んでそこを愛さないはずはないので、いまの東京人が東京に対する愛情がないわけではない。ただその愛情の表現が眼に留まるようになるには、しばらくの歳月が必要なので愛情が冷ややかなように見えるのであろう。その時になれば、幸いにも歳月は花に実を、酸っぱいものには甘味をもたらし、いまの首都の欠点はそのすべてが除去されると思う。

とはいっても江戸が破壊され、東京が建設されて既に三十年が経ち、あながち短いとばかりはいえないのだ。この間にも住民の都に対する愛情の変化には、何がしかの反応がでてきてもよい年数であろう。こころみにこの首都が進歩しまた退歩し、改善しまたは堕落したかを検討することもできよう。

これをたくさんの老人たちに尋ねると、東京は江戸にくらべて驚くべき進歩をしたし、風俗の変化もそうだと皆がいう。さらにその変化は良い方にか、悪い方にかと聴けば、無言で非難しない人はほとんどいない。これは東京が江戸にくらべて有形なものでは進歩し、無形なものでは堕落したということをあらわしているのではないか。天に口はないが住民が語る。これは識者の考慮すべきところである。

今世紀の物質の進歩は世界の大勢であって、世界を席巻する風の吹きわたらない辺ぴな孤島などを除けば、どこでも花笑い鳥が歌うといった盛況さを呈しているのだから、東京が江戸にくらべて形のあるものの進歩が大きいのは、住民の都に対する愛情の結果というよりは、世界の趨勢によるというのは、だれも異存のないところだろう。

では無形の道義などの堕落とはそもそも何からくるのか。

東京の建設

これもまた世界の大勢では、道義の状況が物質の進歩と反比例して廃《すた》れていて、わが国も同様だとはいうが、都民《みやこのたみ》の感情や意思が招いた結果であるという評価は妥当である。

なぜかといえば、道義をはじめ無形なものが世界の大勢として、わが国の首都に圧力を加えたり震撼させたという跡よりも、都民が善い風俗、習慣などを破壊したり、好ましくない風俗、習慣などを形づくったことの証しの方が明らかだからである。

たとえ外国の勢力がわが首都に加えた圧力や意図が大きかったとしても、都民《みやこのたみ》はその間に入って受け入れるか反発するかの権利があり、その結果の責任は免れないわけだから、外国の勢力を口実にして首都の堕落を弁護することはできない。実際に風俗、習慣などで堕落したとするならば、責任は都民のほかにだれにあるというのか。

もし東京が江戸にくらべて風紀が頽廃しているとすれば、内側では東京自体について、外側では首都の影響がおよぶ全国に、都民は罪を負わざるを得ないことは勿論である。しかし借金を追及して返済させよとするように、都民を攻撃することは、無益にひとしく人情の薄い論議にとどまるだけであり、都民をあえて叱るようなことはすべきではない。

しかしながら都民が不良である状況の根源を自覚するまで、都民の感情や意志を刺激することはあながち無益ではないのだ。

都民というのは一語の中にいろいろな住民を包含するので、一様に論ずることはふさわしくない。富める人、貧しき人、指導者や被指導者、権力のある人ない人、庶民が一目おく人、引率者に盲従する人もいる。これらの多数を概括して都民という。これから論じようとする問題について貧困者、被指導者、無力な者、盲従者などはいまは触れない。これらの住民は多数ではあっても力は弱く、都府の状況を形成するのにはいつも能動者ではなく受動者にとどまっているからだ。

そこで都府において能動者というべきいわゆる有力者、富める人、指導者など、住民が一目おく存在となれる人には、社会の権力の範囲が大きくなるのに比例して責任も大きくなるのは当然である。したがってこれらの人間こそ都府の状況に善悪をもたらす源泉であり基礎であり、根底であるとして充分に留意すべきである。だれもこれを不当な判断とはいわない。

江戸の破壊は江戸自らの腐敗や崩壊、政治の圧力、揺さぶりから生じたものであることは、改めて論ずるまでもない。江戸から東京が建設されるにあたり、どれほどの人が建設者の義務を全うしたり、責任を負っていただろうか。これは歴史上に重大な事件であるが、明らかにはならないとの批判もある。

江戸を建設したのは名義上は徳川氏であるが、実際は三州の徳川氏の直参、甲州の武田氏や相州の北条氏の遺臣で徳川氏の家来であった者、それに駿州、遠州付近の者、武州の地侍、江州、勢州、泉州、尾州の商人、京阪付近の者、無力者では関東者などといわれている。しかし徳川氏の政策に大過がなかったためか、都民が都民としての権利を重視して忌避しなかったためか、とにかく三百年の幸福を享有していわゆる江戸っ子であることを名誉とし、愛惜するまでに江戸を形成していった。そこで江戸三百年の繁栄や幸福は、その大部分を江戸の建設者やその継承者の功労とすべきであるという明確な理由があるのだ。

東京の建設者はどうだろうか。たしかに表面上は明治政府であることはいうまでもない。明治政府が東京に行なったいろいろな施策の功罪は論ずるまでもなく、水を飲めば冷暖を知るように既に知られているところなのである。

では、事実上の東京の建設者はだれか。破壊者は他の一面では建設者である、という約束に従わざるを得ない。薩州、長州、土州、肥州やわが国の西南地方の士族、京都の高貴の人、社会の動乱に乗じて巨利を得た商売人は、だれの命令でもなく自分から意図したわけでもなく、東京の建設者たるべき任務に当ったのだ。

すなわちこれらの人人は優勝者、指導者、有力者、住民から一目おかれる者たちでそのおよぼす権力の範囲が大きく広いので、その考え方や言動は草をなびかす風のように住民の頭上に吹き渡り、ある種の傾向を都府にしめすようになった。もとより東京を建設した者のなかには土着の商売人も包含されるべきで、その割合は少ないとしても功罪相償うべきである。

功罪はともかくとして、薩、長、土、肥や西南地方の旧幕臣、新しい商売人や土着の商売人などが事実上の建設者となって現在に至っているのだ。東京はどのような状況なのか。善か悪か、あるいは善悪半分ずつであるのか。前にあげた土着の老人たちの評価はともかく、眼のあるものは見よ。花は紅、柳は緑、鴉《からす》は黒く、鷺は白く、八百八街はどのような光景なのか。眼を覆ってはならない。

江戸が創建された当時、三河武士、甲州武士、武州と相州の武士はすべて勝者であったが、とくに三河武士と甲州武士の負けじ魂は武士の気概を保持するために、互いに相容れないことも調整して天地が活動する活発な作用を呈してきた。これによって互いに研ぎ磨き、戒めあって武士道を腐敗させないばかりか、醸しだす余韻は関東の住民の性格と呼応したことは疑いもない。三百年の泰平のぬるま湯に筋骨はすべて萎え、いわゆる御直参の武士は俳優や幇間《たいこもち》のように変っていった幕末でさえも、三州、甲州の武士の互いに譲らない姿が、形式だけにせよ、存在していたことを老人が語っていることから思えば、この二者の競争で徳川氏の太平時代が保たれ、江戸の堕落を防ぐのに力があったと思わずにいられない。

優勝者の東京への態度

またひるがえって徳川氏の治世の裏面を想像するに足る小説、戯曲その他を見てみても（徳川氏の末期は除く）、当時の武士すなわち有力者の堕落を示す事実が少なく、わずかに地方の武士の迂闊さや無作法などを笑っている例が少し残るだけである。

江戸は幸いであった、徳川氏初期の武士を敬うべきである。

ところが江戸が破壊されて東京となると、有力者、優勝者、指導者の地位に立つ薩、長、土、肥の武士は、東京に対する自分たちの立場などを毛の先ほども自覚していないかのようで、むかしの甲州、三州の武士が武士道で競っていたこととは似ても似つかない姿であった。一方では際限のない無益な争いを何回となく繰り返していながら、一方ですすんで姦淫を天下に広げた。「権妻《ごんさい》」という言葉は当時しばしば用いられていて、当時の新聞、雑誌などをいま一読すれば、権妻の二文字が漁村の蝿のように、夏の夜の蚊のように多いことにだれも驚きはしない。

権妻、権妻、権妻とはかりそめの妻の意味である。この一語がどれほど当時の社会をよく示しているか想像してほしい。俳句にいっているではないか、「子に飽くと申す人には花もなし」と。そもそも権妻を抱いて悠然としていて、都府に愛情などもとめられるのであろうか。「鯰《なまず》」という言葉も当時できたもので、鯰に対する「狐」、「猫」などの語も、いずれも当時の貴族や紳士、高級官僚など都府を形成している権力者たる者が娼妓、芸妓などに浅くない関係をもっていたことの証左であろう。本当に、当時の明治社会の指導者は自分の地位や位置をほとんど自覚しておらず、どこに首都を建設する覚悟や愛情があったのだろうか。

いたずらに昔を振り返り他人を責めたところで益がないが、ただ東京はその初期にこのような愛情のない有力な人人の手に託されたと言いたいだけである。徳川氏の末期の江戸の堕落に続いて、こういった優勝者が堕落を奨励したのだ。江戸の美風は跡かたもなくなり、東京の俗悪が急に彌慢《びまん》したのも当然である。敗者の側の住民が、利益をもとめて動くのはもっともで、食欲、性欲を満たそうとする傾向が風に草木がなびくようなのも必然である。

もし木戸孝允公、大久保利通公などのような人人が世を去るのが数年遅ければ、彼らの考えていたわが国の首都は有形、無形にどのようなものであっただろうか、さらに改良の端緒についたかもしれない。ところが惜しいことに明敏な頭脳をもっていた両公は長寿ではなく、志半ばで亡くなってしまったので、滝の落下する勢いのように世俗は変化し、河竹黙阿弥作の戯曲『金の世中』のような作品を記念写真として後世に残すようになった。住民が首都を愛そうと自覚しない弊害である。

鳥は鳥をよび、魚は魚を集め、堕落は堕落を生むものだ。食欲や色欲が急に広がることで一転して花札賭博が流行して、首都の真面目な住民は老、幼、男、女の別なくほとんど破落戸《ごろつき》の行動をとり、やがてその精神まで真似ようとするようになった。

明朗で常識的な行為をする人には必要と思われない待合茶屋は神社、仏閣よりも多く、江戸時代には足袋《たび》すらも履けなかった芸妓は、良家の女子が手本とするような勢力となった。反社会的な記録や資料が珍重され、演劇でも夢幻劇よりさらに質の悪い残酷劇、悪毒劇やいっそう劣っている感情に訴える事実劇が行なわれている。有名人は金《かね》の奴隷となって、得体の知れない職業をもつ壮士と称する者は世の中では不思議と思われず、幼女は少年の俳優にあこがれ、青年は元禄時代の昔を慕い、だだっ子は煙草を喫うほどになり、妖婦は名誉ある人人の集会の席上で得意にふるまい主賓と親しくしている有様だ。

また新聞は単なる商品となり教育は営業にすぎず、生徒は教師を雇い人のようにみなし、公共事業に私欲を絡ませた汚職はしばしば発覚するようになった。道徳から外れた重罪人が大目にみられ、純朴な夫婦の情に厚いが理屈におぼろげな行動は酷評されている。僧侶は教義や法規を蔑視していると自分で認め、読経礼讃を商売上の挨拶としている。さらに教理が不明で教義も奇妙な宗教が中流以下の住民に流行《はや》り、占いの類を行なう者の多くは一家を構えているほどである。

媚薬ともいえるいかがわしい薬品が日日新聞に広告され、また過ちを善い方に改めようとする者は友達を失って孤立する。世間の濁流を泳ぎ汚れきった者は要領よく互いに傷をなめあい、手間をかけても強行しなければ功績は認められず、よからぬことでも強引にやり遂げ、狡猾に機会を窺って上手に奪えばほめられ自分は誇れることになる。このような現象はすべて首都を愛すべきものと自覚しない住民が醸しだすもので、ともすると詩人や小説家などが都会を罪悪の根源とみなすことにも一理あると思えるのだ。

だがこの発信源といわれても否定できない首都の状況が、すぐさま全国に波及する影響力があるとすれば、いかに良心が麻痺して感覚が鈍くなっている者でも啞然として立ちつくさざるを得ないだろう。

時間は花に実をならせ、酸っぱいものを甘くするだけではない。雑草が道を覆い、荊《いばら》の棘《とげ》を鉄のように固くし、思想を行動に育てあげ、無形を有形に成長させる。いま見ると東京の状況は、無形であった不良がはびこり有形にまで広がり、あらゆる忌むべき現象は次第に当然のことのようになっていて、特別であると見られていた不良の事実は、当り前となったのではないか。猫とよんで芸妓を罵り、鯰といって品行のよくない官僚や上流者を蔑んだのは昔の話となったのだ。いまや「美人」という呼び名で媚《こび》を売り、嬌《きょう》をふるまう女子などがもてはやされ、飲食や快楽をほしいままにするものが「紳士」といわれ羨望《せんぼう》されるようになった。

このような時勢の変化、風尚の推移が二十年、十五年前の東京にくらべて、今日どういう方向にあるかは、常識ある人人に一考を求める価値がある。正当な判断力をもつ人は、時間の力が大きく作用し、いつの日か雑草が路を埋め、荊の棘が硬くなったことをいまさらのように驚くであろう。

いま東京の状況がこの通りであるとすれば、これをどうするのか。自然に放任するのか。いやならぬ、絶対にならぬ。都府は樹木や草竹などのように、金石や土壌のように、雲霧や霜雪などのように、造化の摂理だけで存在したり発達したり繁栄したり衰微するものではないのだ。必ず人の手でどのようにでも創造されるべきである。であるから、中国の神話にでてくるように、天を補修するのに五色の石を練り、地が安定しなければ大亀の足を切らなければならないのだ。なにに遠慮して人間のもっている意気を抑え込んで、成り行きに任せるのか。改めるべきことは改めるべきであり、悪いことは悪いのであって善いとはいえない。改めてから善いということになって区切りがつくのである。

首都の全国への立場

首都が全国に示す立場は、一面では全国の指導者、一面では全国の代表者であることは既に述べた。今日の東京も首都であるからには、ある面では全国の指導者、ある面では全国の代表者である。全国民よ、自分たちが東京に任せられないからといって東京を軽視することは、たしかな知恵や暖かい心情がある行動といえるであろうか。違うであろう。地方でともすると一握りの詩人、小説家などの口ぶりを真似て東京の汚さを嫌悪する人もいるが、それは無知で薄情な子どものような行動にすぎないのだ。

たしかに蔑視される東京にそれなりの理由があれば、首都の影響は強力に性急に蔑視した人人の居住地を襲い、全身を隙間なく悪魔の呪いのように満たすことになるであろう。これは首都が全国の指導者の立場にあるからで、自分の住んでいる所を桃源境と思い最高の楽園として愛護しつつ、さらに都会を熱心に罵る人人もすでに実感していることである。さらに首都は国民の富や徳や智の力が充実しているかどうかを明白に代表しているので、東京に侮辱される事実があれば、東京に代表される国民は同じ侮辱を自分の肩に分担させられていることになるのだ。であるなら、東京が善ければそれでもよいが、善くない東京に指導され代表されるとなれば地方の人人は忌わしいにちがいない。

そこで国民も、臆病な犬がよく吠えることの譬《たとえ》を知って、無益にわが国の首都を罵るよりは、首都が国内や外国に対しどのような立場にあるかを知って、愛すべきわが国の首都にどのような状況が生じているかという問題に注目し希望を託し口出ししないことが、国民として智恵のある暖かい心情のこもった行動であると思う。どうであろうか。

首都の状況が善良な時はその影響は大きくないが、逆の場合には大きくなる。たとえば善は蠟のようなもので、流れないわけではないが、他に影響を与えないことが多い。ところが悪は酒のようで、狭い間隙もぬって浸透するのだ。

このように首都の状況が善良でない時は、自分から真誠に愛し、国家、国民の幸福を望む人は決して見逃してはならないところなのだ。東京を形成している中で最も勢力のある人たちが、自分の地位を自覚しないで、首都に愛情の情念も思慮もないことはすでに述べた。

このようにして東京は、公園を愛する心のない新しい主人のために枝を折られ、果実は打ち落され、花を採られ、根を掘られなどして荒らされて無法で殺風景で不体裁となるのだ。これらはすべて故意にではないが、要するに首都への愛情がないことから一切の残念な光景がもたらされたのだ。

思うに新しく首都に入り優勝者の地位を占めた人人はもともと都の江戸と親密であったり深厚な関係になかったので、都に入るにあたって特に愛情があるわけではないことも一つの理由なのだ。また「坊主憎けりゃ袈裟まで憎い」の譬えもあり、徳川氏を打倒した優勝者が徳川氏が長く支配したこの地に特に愛情がないこともまた一つの理由である。

これにくわえて、徳川氏の繁栄期に川柳などで武佐《ぶざ》、新五左《しんござ》と称して、礼をわきまえず自分勝手なことを嘲笑していた人人が優勝者として進入してくるのを見た庶民は、敗者であることを自覚しつつも屈従したくなかった、そこで反抗とまではいかないながらも優勝者に対し道をゆく他人のようにするので、優勝者も冷淡な庶民におもしろい感情をもつわけがなく冷ややかに見て、冷淡は冷淡と相容れないので都に愛情が湧かなかったことも一つの理由なのだ。さらに事物の理解と愛情とは呼応するもので、すべて解釈の仕方によって愛情が育ってゆき愛情が育てば理解が深まってゆき、逆に理解されなければ愛情が湧かず愛情がなければ理解できないこととなる。

ところが新米の優勝者は不幸にも、過去には武左、新五左とよばれ、未来にむかっては自分の位置を自覚するまでの聡明さを持たないまま、都府を充分に理解しきることができず、したがって愛することもできないのも無理からぬことなのだ。まして新しく大都市の優勝者になったとはいえ、多くの人人は貧しい者なので、自分たちがいっぺんに大都の所有者同様の身になったとは自覚できないのも無理もないことなのだ。そもそも食に飢えている人は味は問わず歩み疲れた者が座る席を選ぶ時間もないことは凡人には当り前で、豪傑であっても耐えがたい心境であった。

貧しかった者が志を果したならば、まず食を満たし美女にかしずかれた生活を望まないことはない。抑えられていた欲望が急にめざめ、いままでなかった感情を癒そうとするのは、竹に積もった雪が日光にはね返り、秋の滝に水が漲るようなことと同じである。その時には食べ物があれば食べ、席が空いていれば座ろうとするのであって、味を吟味し席を選択する余裕などがあろうか。

明治の初めに優勝者の地位を得て、にわかに大手を振って堂堂と闊歩《かっぽ》する者の多くは、もともとは丈の短い袴で髪も顔も汚れた者であったから、優勝者になれば欲望をほしいままにしたのも、怪しむにたらない凡人の情なのである。その味を語ることもなく判断して席を選ぶこともなく、自分勝手に思うままに振る舞ったことがたまたま江戸の欠点と通じあって、残念ながら新しく創造されるべき東京が、青が藍から出て藍より青く、氷が水からできて水より冷たいように、江戸を継承してはいても江戸より劣るようになったのも、いた仕方のない運命といわざるを得ない。人はだれでも聖人君子ではないので、責めるべきでもなく、許すべき情もないわけではない。

これらの多くの事情や理由は、東京の優勝者すなわち、実際の東京の建設者としての責任を負うべき人人などが、自分の立場を自覚することなく、東京を愛すること少なくても、それを深く咎めず許すべきことをわれわれに教えている。今日これらの当時の情勢を追想し推察して、東京が不良化していく理由のいくらかは避けられない自然の定めと認めざるを得ないと信じたい。

優勝者と敗者

一方で、当時の優勝者だけではなく、敗者の側にも多少の許容する情状があることを認めるべきだ。征服されたり抑圧されている者は、自分の力が足りないことを知って卑屈となったり、また反抗心を抱いていても外に出せずに陰険になったり、怨みや不満が高じ、自棄の癖が出たり、人生の正当な生き方を悦ばずに僥倖を考えるようになる。さらにじめじめした暗いところで生活している人間は明るい所で生活している人間をはっきりと見えるように、敗者の立場にいる人は勝者をいろいろな事情や理由から敵視していて、優勝者の弱点だけをついて自分の気を晴らそうと狡猾になるのである。これらは歴史上に多く見られることで、庶民が善良で誠実であり得なかったことは、凡人の多い社会では当り前のことだった。

東京の住民が当時の優勝者たちを罵《あな》って鯰などと卑《さげす》みながら、彼らのために権妻や猫を供給し、ついには女の子を金の成る木とみなす風潮を助長するようになり、かつてのいわゆる江戸っ子気質といった美風、表裏のない快活で溌剌とした生一本の心を失い、金銭の前には頭を下げながら、その後で舌を出すような軽薄な風潮をつくり、新しく東京に入ってきた優勝者の考えと呼応し影響しあって、現在の堕落した東京をつくりだしたことは、嘆き悲しむべきであるとはいえども、これもまた自然の運命の避けられない情状といえるだろう。

要するに優勝者、敗者にかかわらず双方に責任があることは言うまでもないが、斟酌《しんしゃく》するべき事情が多く、それが現在をもたらしたのは自然の運命によるものとするのは当然で、また人情ある判断だと理解できる。ましてや徳川氏の末の江戸の堕落が江戸の罪であることは勿論のことで、そのことは東京の堕落に軽視すべきでない原因をあたえているではないか。

しかし、いまとなっては過去のことになった、東京を建設した者で地位のある人人の行為を議論してその罪を問おうとすることは、まったく不必要で、ただ無益に感情を害するだけではないか。ただわれわれは優勝者も敗者も、ともに東京の都民《みやこのたみ》として都への愛情がたいへんに乏しかったことが東京を不良状態に陥らせているすべての原因であると、深刻に嘆かずにはいられない。

東京の現状は、これまで述べてきた諸事情を総合したものである。とすれば、これをどうするのか。過去は如何ともしがたく、あきらめるしかない。しかし未来は何とでもできるのであって、いたずらに断念すべきではない。行なおうとすれば行なえる、行なってなすべきであり、それはとりもなおさずわれわれが愛する日本の首都を日本の首都にふさわしいようにすることである。首都を全国の指導者として、代表者として恥ずかしくないところとすべきである。首都を最上の善美に溢れる、天皇の居場所としてふさわしいところとし、国民の風俗、礼儀正しさの源泉で模範であるようにするべきである。

自覚のこと

それでは未来に希望をもって、これらを実行する道とはなにか。自覚、自覚である。都民や全国民が首都を愛するように自覚させ、首都が国に対してどのような関係を持ち、海外とどのような関係にあるかを自覚させ、とくに実際に首都を動かしている階級の人人、すなわち都民に大きな影響力をおよぼす人人や、それに首都に住んでいる庶民が、深く首都に愛情をもち続けられようにすることだ。

自覚とは、真の智や徳や情で、大きな力なのである。自覚しなければすべてが円滑にすすまず、成功せず、継続されることもないのである。自覚がすべてにおよぼす力は、たとえば水がすべての草木におよぼす力のようなものである。一本の茎、一枚の葉、一つの花弁といえども水の力にあずからないものはない。

自覚の力がひとたび働けば、人間のすべては大きいことから細かなことまで、人間の真正の知識が漲って溢れていないことはない。すなわち自覚は真の智恵であるからだ。そこで自覚から生じた調査ほど厳正なものはなく、自覚から生ずる弁別《べんべつ》ほど明細なものはなく、自覚から生ずる思量や判断ほど精刻《せいこく》で妥当なものもない。

たとえば、ある人が衛生観念を軽んじてはならないと自覚すれば、すべての所作は衛生観念に背くことはなくなるが、これを自覚もせず保護監督をうけている生活程度の低い庶民がとる違法の行動と比較すれば、すこぶる安全である。

衛生観念を重んずることは当然であるが、住民が愚かであれば暗擔たる結果になる。病気になっては占いに問い、患ってはいかがわしい術にすり寄る通俗が改まらなければ、政治家が苦心と熟慮で法律をつくり規範を垂れてもその効果は少ない。これはなによりも、庶民の衛生感覚を重んずる自覚がないからである。

自覚しない智恵は、氷に流した顔料が色は美しくても氷を染められないのと同じである。どのように巧妙な智恵や方便も、自覚しない庶民には無駄であるという定めは残念である。縁のない民衆はさらに納得させるべきだが、自覚しなければ救いがたいのだ。すなわち、自覚がなければ真の智恵を杜絶していることになる。これに反して自覚した智恵は、窓を開けて光線を入れるようなものだ。窓から光線が入り、自覚すれば真の智恵がでる。

　ある人が衛生感覚を重んじて自覚すれば、必ずやがて衛生の智恵をもつことになる。さらに一軒が自覚すれば一軒が智恵をもつことになる。村も国も同じである。そこで光があれば温熱があるように、真の智恵があれば好い結果があり、衛生の道で一人が真の智恵をもてば一人の身体を護り、一軒の家も同じで、村や国の真の智恵は健全で安穏、幸福な生活を授かるものなのである。

　自覚、自覚、自覚は真の智恵なのである。

　都民《みやこのたみ》、全国民よ、わが国の首都をどうしようとするのか。たとえば蟻は自ら塔をつくっているではないか、参考にするべきである。蜂は巣をつくる、称えるべきである。土竜《もぐら》の穴は曲りくねっていて塞がらない、自分で衛《まも》っている。燕や雀の巣が、泥や細かな糸などを集めてつくられている苦労には驚くべきだ。

　人はいやしくも人の性質を備えている。その行為が小さな生き物にも羞ずかしいようであってはならない。われわれの首都は苦労してつくるべきである。われわれの首都は外国人に、自分でわが国を守っているといわせるべきである。われわれの首都は将来の住民に称えられなければならない、われわれの首都は神がいるとすれば、人間のすることは評価できるといわれるようでなければならない。断じて首都を魔王が直轄する村にしてはならない。

　人にはいやしくも人の性《さが》があるが、自覚しないとすればそれまでである。もし一国の首都が国の内外に対しどのような立場と関係にあるかを自覚すれば、池の氷が砕け月光を映すように真の智恵は忽然と湧いてきて、首都をどうするべきか、どうしてはならないかはすぐさま明らかになる。首都を自覚することから生まれる調査、弁別、思量、決断は、必ず善と美を尽さなければならなくなるはずである。

この花はこの色と香があり、この心にこの行ないがあれば徳がある。心に行動と徳があるのは、花に色と香があるのと同じである。徳はすなわち香であり相伴なるもので、どちらかだけということはない。徳は善行の影で、善い心の響きである。

善行は善い心から、善い心は無心や悪い心が転化して悟って発動したものと理解すると分かりやすい道理であるが、この無心を悟ったり悪い心を転化させる肝要な動機は、自覚でなくて何であろう。人間が、善に変り過ちを改める心を最も切実に振るいおこすのは、自分を理解した時に勝るものはない。

したがって、人間の最も貴い品性が遮断されない勢いで発露するのは、真正に自分の立場を自覚することから始まるのだ。人の性のない人はいない。人が真正に地球上で孤独であると自覚すれば、悲しみに打ちひしがれながら、懺悔《ざんげ》の涙を流されない人がどれほどいるか。

はるか遠くの天と地の終始を思い、確かに人間が生滅すると感ずれば、盛衰、栄枯、名誉や色食の欲、いっさいの執着はすべて炎上の塵や太陽の下の霜と儚《はかな》く消える。ただただ人間は自らの未熟な所作が連鎖する醜く好ましくない有様で、仏の誕生の初めから弥勒菩薩《みろくぼさつ》のあらわれる暁までの循環する因子として存在を認められているにすぎないのだ。

この時に懺悔の涙をながし、中国古来の伝説上の盤古氏から積み重ねられてきた垢や汚れを洗い、悲憤の火でアダム、イブからつづいている過失の塵埃《じんあい》を燃やし、忌むべき連鎖の環にとり込まれた立場から脱したいと思わない人はいないはずだ。そしてできれば世界を罪のない楽園の昔に戻し、人間を色界の光音天の麗しい初めに返したいと願わない人はいないであろう。

偉大な宗教も必ずここに一旦は止まり、立派な詩歌も多くはここに触れるが、このことは人間が自然に対する自分の立場を自覚することによるのではなかろうか。もし人が真正に、自分が子どもとして父親の力強い保護、母親の心細やかな養育の下で人となるまでに、自分が一食とる間に三度も口移しで食を与え、一晩に七回も起きた父母、詩経にいう悲しみつつ苦労する父母とどのような位置にあるかということを自覚した時は、自然と親を敬う思いが沸き上がってくるのを止めることはできない。両親にとっての自分の位置を自覚することは、意識しなくても孝行になるのだ。

また、人がもし国民として国に対する自分の位置を自覚した時は、必ず自分を慎しむ麗しい挙動、言葉をもつ人となるであろう。これは最近の日清戦争のように、個人に国民であることを自覚させるにかなった刺激が存在した時にあって、多数の人人が麗しい実例を示すことでだれにも明らかに解釈されたので多言を要しない。

このように自覚するということは、無心の悟りや悪い心の転化に肝要となって、人に過ちを改めさせ善に変る心を起させ、人間の真の美徳を次第に養成していくのだ。

いま個人にとって首都がどのような立場や関係にあるかを自覚して真の智恵を発起した庶民は、すぐさま首都をどのようにしたらよいか、どうしてはいけないかを理解するようになる。いまここで首都に対する個人の立場を自覚すれば、真の徳を発現して自分で処すべき道を過ることはない。

首都に対する個人の位置

では、首都に対する個人の立場はどうであろうか。これは実に明白であって、答えをほとんど必要としない。もともと都府とは土地の区画をあらわすのではなく、実は庶民が多数集まり、人間が関わるすべての人事の大集合をいうのだから、首都に住まう庶民が首都を形成するのであり、個人は首都の一分子である。

いやしくも首都に住む庶民が真正に、自分がわが国の首都の一分子であることを自覚すれば、自分がどのような感情、言語や行動をもち、またどのような感情、言語および行動をもつべきではないかを理解することはもとより、すすんで自らを律して努力し、麗しくて正しい感情、言語や行動をもたざるをえなくなるのだ。

権兵衛、八兵衛も江戸の一分子であると自覚すれば、江戸っ子だいの一喝で少しの苦痛を忍んでも麗しくあろうと欲したり、正しくあろうと努めたりすることが江戸時代に幾度となく繰り返されて、ついには滑稽話の材料とされるようになったではないか。

いまやわが国は世界の一方の雄にして、わが首都は東西両半球の真ん中にあり、日が昇り花が笑うように栄え盛えようとする時であり、この新興国の新首都への自分の立場を自覚して、たしかに自分は首都の一分子であると認め、臆病者も奮いたち弱者も励んで、首都の一分子であることに羞じないと欲し、むかしの権兵衛、八兵衛にくらべて熱意と誠意は数倍もつべきである。

またいまの庶民は昔の庶民にくらべて知識や教育がある。自覚しなければそれまでだが、ひとたび自覚すれば、むかしの江戸っ子にくらべて勝る熱心さと勇気で、自分の感情、言語や挙動を麗しく正しくしたいと欲すべきことは必然の帰結である。

いやしくも一族の一分子であることを忘れない個人が集まっている一族は、必ず強く盛んとなり、一家の一分子であることを忘れた個人が集まる一家は遠からず分散し滅亡していくのである。一家一門、一族、一党などの栄枯盛衰はいろいろな理由が相合しあっての結果であるが、その家門一族に属する個人が自分の立場を自覚しているかいないか、その浅い深いが有力な原因であるということに疑いの余地はない。

都府が美しいかどうか、善いかどうかも同様に、個人の都府に対する自覚によることはいうまでもない。

自分は首都の一分子で、自分たちの所行、所言、所思はただちに都府の外形や内容に少なからぬ刺激や影響を与え、やがて悪くもしくは善くなるように促すものになることを自覚していれば、だれがあえて都府に住いながら無益に感情的、詩的に都府を嘲罵《ちょうば》するような閑な時間をもつであろうか。必ずまず自覚した光で自分がそれまで錯覚していた幾多の暗点を見出して、すぐに補修して改革せざるを得ないと感じ、その実行に急ぐことである。

むかしの譬えによれば脚と手と眼とがそれぞれ円満には働かず、罵り怒りあっていて、互いにその役割を果したり守りあわなければ、顚倒して溝に落ち、脚は折れて手は挫き、眼を傷つけるという。都外に住んでいるとはいえ、おなじ国内の住民であるのに都会を罵るようなことは、目を罵る脚の愚かさにどれほど優っているといえるのか、また都府に暮らしながら都府を罵るようなことは、自ら眼をふさぐ愚かさにくらべるまでもない。もし人がだれも自分の立場を自覚しないで互いに他を責めているのであれば、顚倒して溝に落ちるという轍《てつ》を踏まない者がどれほどいるであろうか。

政治家が庶民に責められるのには当然にその理屈があるのだが、都府の庶民としては空しく他人を責めるよりは、あくまで自分たちが都府の一分子であることを認めて、自分たちの感情、言語、行動が都府におよぼす影響が大きく敏速なことを自覚することこそが、自ら大切にして信じている麗わしい態度である。都民《みやこのたみ》は都府の所有者で、都府という大きな房をつくる細糸である。

都府が輝くか輝かないかは、都民の一人一人が光を放つか放たないかで、都府が清潔か不潔かは個個の都民が清潔を愛するか愛さないかによって定まる。都民個人個人が堅牢な石でできた家を好めば堅牢な石造都市、金箔細工を好めば金箔細工の都をつくる。淫欲を崇拝する都民は淫欲崇拝の都を、賭博を愛する都民は賭博三昧の城をつくり、飲酒を悦ぶ都民は不醒の府をつくる。人格者が多ければ人格者の都、子どもが多ければ子どもの都、人が多ければ人の都、犬が多ければ犬の都になろうとするものだ。

要するに都会は都民の影であって、都民の感情の傾向、言語の有様や行動の状態などは積もり積もって都の外形や内容を構成する。であるから、都民がひとたび覚醒すれば、都は真の徳の香気の薫るところとなって、根本、源泉から善美を尽したものになる。決して他の都市が糊《こ》塗《と》、弥《び》縫《ほう》して一時の美観を保とうとすることとは同列に論じられないような爽快な状況を呈することは、少しも疑うべきではない。

自分の感情、言語や行動が都府におよぼす力が大きいと自覚すれば、自重したり自分で担う心が起るように、人が都府の外形や内容が自分にもたらす影響が大きいことを知って、自分と都府とがほとんど一体となるように結束されるものだと自覚すれば、都府に対する愛情が自然と湧いてくるにちがいない。このような都府と都民の緊密な関係は、菓実と樹の緊密で離れることのない関係のようである。樹が病めば菓実がよくできるわけはなく、都府がうまくいかなければ個人も幸福ではない。

都府の善美

都府の衛生上の施設が完全でなければ、個人の衛生上の対策も完全ではなく、交通上の機関が整備されなければ個人の交通の便利が良くはならない。言語が乱雑であれば個人の言語も美しくはあり得ず、都府の風紀、習慣が下劣で汚濁していれば、聖人、賢人でない以上個人の風紀、習慣も高尚となることはあり得ない。これに反して都府がもし善美を尽せるならば、中流以下の人間であっても個人は幸福を享受できる。

このように都府と個人の関係は緊密で離れることはない。自分は都府の一分子であって、また都府はほとんど自分の身体の一分子であると自覚すれば、都府への愛情が起らない道理はない。都民《みやこのたみ》にとっては都府は自分の家であり、自分の寝台、車、船、オーバー、洋服、いやシャツであって片時も肌身を離せられないものだ。

家屋、寝台、車、船、オーバー、洋服が自分のものであれば愛さない人はいない。家屋が壊れれば補修し、寝台が傷めば修復し、車や船は修繕し、オーバーや洋服は縫い、一日も長く使用し注意を怠らないのは人の常である。シャツに至っては清潔、不潔を気に懸けない人はおらず、また合う合わないを判断しない人はいない。どのような怠け者でも、自分の身を愛する以上はぴったりとしたシャツを買うために綿密な注意をはらい、少なからず懸念するのは当然である。シャツが不潔なのは脱ぐべきで、体に合わなければ我慢できないのだ。もとよりシャツは皮膚ではないが、それと同じで、不潔なシャツは皮膚が不潔であるにひとしい。合わないシャツを着ると、皮膚に傷があるようで活動するのに不都合を感じる。

こうみると、正しい感情や知識をもっている人人はシャツといえども軽く扱わないものだ。まさに都府と都民との関係は、シャツと皮膚に優るほどだ。たしかに都府が不潔ならば都民も不潔にならざるを得ないのだから、不潔にしてはならない。都府が不便であれば自分も不便を感じるはずであるから、不便にしてはならない。

自分の家屋、ベッド、車船、オーバー、シャツをなぜ愛せないのか、美しくなく善くないままにしておいて安心なのか。都府、都府、都府を私は愛す、なぜ醜く不完全のままでよいものか。「もし官僚となってその官職に忠実でなければ、官を盗むといい。もし都に住んで都を愛さなければ都を欺《あざむ》くという。若者は鷹を、強い大将は馬をそれぞれ愛し、国を背負う人は国を、その時代の賢人は世を、大聖人は天下万民をそれぞれ愛するものだ。いやしくも都民となって都を愛せないのならば、自分を立派な人間にしようとしないということだ。私はすすんで都を愛す」。これなどは肉に血がかよい、血に熱をもった人が都会に住んで当然に抱く感情なのだ。

自覚するということは真の智恵、真の徳、真の情である。もし国民として真に一国の首都が国内、国外に対して有する立場を自覚し、都民としても真に個人が首都に対する立場を自覚し、また個人に対する首都の立場を自覚していれば、必ず以上述べたような真の智恵の発動、真の徳の流露、真の感情が起るにちがいない。

以上についてあえていえば、三つに枝分れしていてもその実は一つに修まるのであって、順序を追って智恵が発揮され、徳があらわれ、情が起るというものではない。首都をどのように創造するべきか、個人はどのような態度をとるべきか、首都を個人はどのように取り扱うべきかも、要するに一つの首都という鼎《かなえ》の三本の足であり同時に備わっているもので、三にして一、一にして三、考え方によって一度に決着するものなのだ。

あれこれと考えて気づくのもよいし、どのようにしたらと考えて気づくのもよいのである。人が考えをめぐらして自覚すれば、都府を軽視すべきでないと納得し、やがてその人は都府にとって大切な人となる。少なくとも首都にまったく愛情をもたない見下げた人間ではない。このような人が数多くなれば都府は必然の運命として、いつしか善化し美化し醇化して、力をつけつつある新興国の首都にふさわしくそれに背かないようになるのである。

自覚、自覚である。将来には世界第一流の大都市となる運命を担うにちがいない、わが国の首都は、都民《みやこのたみ》、国民の慎重な自覚にまつのである。

生み落とされた卵は鳴かず、育った蛾は糸を吐かないのだ。その時にならなければ、もとめて得られるものも得られない。鶏に時間を与え、蚕に糸をもとめるのを時にふさわしい挙動といい、智者のとる所行や成就する願いとする。反対に卵に声や蛾に繭をもとめるのを時を得ない挙動といい、愚か者の所行、成就できない願いという。

首都について国民、都民に自覚をもとめる道理があることは論をまたないが、いまはその時ではないか、もとめてもとめられない時か、あるいは願いが成就すべき時か。これはしっかりと考える価値がある。本来、自覚は時機を選ぶべきではないが、時機が自覚を誘ったり阻むことがあるからだ。

いまは人人に自覚をもとめるのに妥当な時、もとめやすい時、願いが成就する時である。明治十年以前には都府への自覚を、都民や国民にもとめることはほとんど困難であったが、いまはそうではないばかりか、こちらからもとめなくとも自然に欲する者を得られる時の勢いがある。これは時機があたかも人人の自覚を誘発しつつあるということである。

江戸が東京となってからの年数も少なからず重なり、明治も三十二年となっている。既に江戸の破壊者となりかつ東京の建設者としての立場になった薩、長、土、肥や西南地方の人人、京都のかつて位の高かった人、新商人たちは、以前は旅をしてきた客のような顔をしていたが、いまは純然とした土着の人となっている。

真の妻を故郷に残したり、真の妻をもたなかった当時の人人も、いまではたいがい真の妻と一家をなしている。いわゆる権妻は法律上その地位が消滅しただけでなく、権妻をもつ人がいなくなったのである。鯰が老いて態度がずっと大人しくなり、放蕩な活動がきわめて稀となったということだ。

新しい客は古い主人となったのだ。仮り住いは住宅となり、寄留地は本籍地となり、この都の水で身体の血はつくられ、この風に皮膚は慣らされたのである。あるいはすでに骨を都の土とした人もいて、これもすでにかなりの多さとなっているであろう。墓を都に定めようとする人も、ますます多くなるであろう。

理想世界の有様

子孫は多摩川や神田上水の水を浴びて生まれ、氷川神社、山王神社、神田明神の氏子として成長し、東京の学校で学び、東京の公園で遊び、東京の言語、習慣に染まって世にでて、たとえ少しはその家庭の特色があったとしても、実体は疑いもなく真の東京人になろうとしているのだ。これが政治の変遷や社会の動乱で江戸以外から入ってきた人人、すなわち維新の優勝者、指導者、有力者として世間の迎ぎみる人として、権力者として、新たに実際に東京の主人としての地位を得た人人の現状である。

歳月は無言の師で、常に深遠で明瞭な教訓を垂れる。人の人として行なってはならないことは歳月が必ず教えるものだ。

江戸の破壊者と東京の建設者とを兼ねた人人は、諸事情のために自分達の立場を自覚したり、また首都の立場を自覚する時間もなかった。彼らはかえって江戸の末期の堕落に続く新しい東京の堕落を推進するようになったものの、この無言の師の深遠で明瞭な教訓は受けとめざるを得ず、行なってはならないことは行なってはならないこととして、やっと承認するようになった。

かつて江戸の時代には関東の一つの都にすぎず、関係が薄かったために念頭にも置かれなかった東京に、いまは親密、深厚な関係が開かれるようになり、徳川氏の拠点であった都は、天皇のいらっしゃる地となった。都民《みやこのたみ》に陰で田舎者と見下されていたので都には冷淡であった者も、紳士、立派な商人と評価される身となって、知ることもできなかった大都を知ることができる身となった。飢えた者が食を選ばず、疲れた者は席を選ばないように目前のことだけに急いでいたが、それほど目前の欲望に急いで余裕をなくす身ではなくなった。東京は変らないが、都民の東京に対する感情や思想は変らざるを得なくなっているのだ。

無言の師の教訓は、東京の有力者、指導者、優勝者、庶民の尊敬する人、権力者など実際に東京の建設者であるべき当然の約束を担っている人人などの胸に響きわたったのである。

これらの人人と東京との関係は一年一年、親密さを加えて深さを増し、逆に故郷との関係は疎遠、希薄となり、薩、長、土、肥をはじめとして各地方の地方的感情、封建的思想はようやく熔融《ようゆう》し混和しあって、首都という大きな坩堝《るつぼ》に首都の住民といえる新物質となってともに存在する情勢となったのである。こうなることは必至であり、東京はようやく真の住民たちで成立したのである。

もとより都府というものはまったくの純粋ではあり得ない。江戸の都もいまの住民だけで成り立っているわけではない。累代《るいだい》の江戸っ子と誇ってもその先をたどれば、武士であれば駿州、遠州、参州、甲州、相州、武州、房州、総州、信州、野州から来たのでないものはわずかであり、商売人を見ても天正以前から江戸に住んでいた者は若干しかいない。その初めをたどれば皆、東から西から南から北から集まってきたのであった。まずは仮住いし住居を定めてようやく子孫の代となり、その後にいわゆる江戸っ子が生まれでてきたのだ。

したがって、江戸が生っ粋の住民だけの江戸ではないように、東京は江戸っ子だけの東京ではなく、どこからきても、東京に入って長く住む者はみんな東京の住民である。あらゆる川の水が海に入れば海水になるのと同じで、地方の住民が都に入れば都民《みやこのたみ》である。都会がこのようにして大きく広がり盛ってくるのは、当然の発展の順序といえる。

理屈や事実にもとづいても、いまや関西、九州その他の地方の人人で維新以降に東京に移り住んだ人は真の東京の民であり、江戸当時から東京に住んでいる住民となんら変ることはない。これらの人人は既に真の東京の住民であるから、東京への感情、態度は、ほとんど江戸の時代から都に住んでいる人と同じとみなすべきである。

これらの人人も、気分が定まり、智恵が熟し感情が鎮まって、自分や一族などがこの平和な東京の住民となって恩恵を享受し、永住していることに満足しているはずである。これらの人人も知らず知らずのうちに、春の花や秋の月の季節を何年もこの都で重ねて、第二の故郷という感情をもつようになったはずである。

このような時にこれらの人人、江戸以来の都民に首都に対する自覚をもとめるのは、成長した蚕に糸をもとめ、鳴こうとして羽ばたこうとする鶏に声をもとめるようなものである。困難ではないことはもとより、容易さも極まったというべきである。機は熟して時は来た。人は自覚すべきで、自覚しなければと感じる時がきたのだ。この大都の水は彼らの半身を浸し、子孫の頭から足裏まで浸すようになったのに、いつまでも水の清濁を問わずにいられれようか。

既に人が自覚していれば、東京の未来が歓迎することは勿論である。自覚は信仰を生じることになり、さらに自覚は理想を生じることになり、このように信仰や理想が生ずれば目的をもった運動が生じ、光明にむかって歩みを進めることになるのだ。人が突然に自ら悟れば必ず新鮮で明朗な信念をもつことになり、過去の思念をすべてこの新鮮で明朗な信念に従わせ、将来の思念をすべてこの新鮮で明朗な信念の後に従わせる意志や感情がでてくるものである。

このように自分の信念に強く主張するものがあって、これに帰依することを信仰といい、この時の意志の力や感情の力が旺盛であるかないかは、主張するものが明確であるかどうかにかかっている。こうして信仰は存在し、感情の力や意志の力が持続すれば、主張される信念は外界と応酬し取捨しながらついには小宇宙を組織する。

この組織された小宇宙は現実の世界を超越した理想世界で、将来の現実世界の手本や様式となることを願うものである。したがって理想世界が一度達成できれば、将来の世界に影響をあたえるのは必然のことで、結果は時として良いことばかりではないにしても、大概は良好なのである。というのも、現在の世界よりも卓越していなければ理想世界ではないので、理想世界に準じてつくられたものは過去のものにくらべて劣るはずがない道理である。

ただし理想世界のいろいろな有様などはそれをもとめる個人個人の知識の多少と、意思の強弱、懐《ふところ》の広狭とによって生ずるのであるから、個人個人の理想世界の受けとめ方が異なることは当然である。ところが同じ時代の同じ環境にいる以上は、個人個人の間にも無数の共通点のあるのが人間であるから、それほど異なる理想世界を描くわけはなく、結局大同小異にすぎないのである。したがって個人の理想世界の少しばかりの相異は、将来の世界の様式にとってはそれほど重大な障害とはならない。

「時代の理想」の共有

このように理想世界を実世界に実現させようとするのは、目的をもった運動といえる。首都で目的をもった運動をすることで、首都は初めて生き生きしてくるのだ。すなわち生命力のある首都となるべきで、老いない都であるべきである。生き生きした機能をもち、溌剌とした体制で、常に変化していて盛んになり、日日新しく栄えていく都であるべきなのだ。

目的のある運動をしない都府は、譬えていえば倒れた大樹で、もはや活動せずにただ朽ちていくだけである。また澱《よど》んだ水のように、代謝しなければ汚濁するにきまっている。人間のかかわるすべてのことに善や美をもとめる運動がなければそれまでで、とりたてて都府だけが善美を欲する営みをせずに、永く自身を支えられるであろうか。

江戸は目的をもった営みを行なって栄えたが、善美をもとめずについに滅びた。自分から頽廃に甘んじていて家が栄えることはない、自然に放任していて都府がどうして繁栄するものか。

自然は右手で野菜を実らせるだけではなく、左手で悪臭を放つ有害な草を成長させる。人は右手で善をつかむが、左手では美をつかまずにはいられない立場にいるのだ。

美しい理想世界それは明らかで彩やかで、普通の人間のいるところではない。そこには純粋な善があり最高の美が備わっている。とはいってもこれは一人の純粋な善であり、万人のそれではない。一人の最高の美であり、万人のそれではない。万人には万様の理想世界があって、皆それぞれが純粋な善、最高の美であると思っている。

たとえば月の昇るのはだれもが看るが、それぞれに団扇《うちわ》、仏鉢《ぶっぱつ》、笠の大きさという。皆自分の見方を正しいとしていて、看る月の大きさもこのように様様であるといっても、人の看るところが個人個人で異なるのをどうしたらよいのか。看る月の大きさは理想世界のようなもので、万人万様で一定ではない。月の大きさは、純粋な善、最高の美の評価と同じで個人個人が執着するところである。

このように理想世界はそれぞれ万人万様なので、一致して合意し納得しあうのははなはだ困難であり、だれでも自己主張をしあい互いに譲らない。

とはいっても、同じ地方の人人が同じ時間に同じ欠け具合の月を見るように、同じ地方の人人は同じ時に同じ理想世界を想像することがあり、また同じ夜に人人が同じ新月、弦月などを見るように、同じ時代には人人も同じ理想世界を心に描くこともある。仏教徒のいわゆる「同分の見」がこれで、そこに共通点が多ければ特異点は薄れてゆき、融解し相殺しあって消滅する日常の物事のように、同じ地方の人人の理想世界は拒《こば》みあうところを包容してある様式をつくりだし、同一時代の人人の理想世界も一定の様式を創出することがある。このようにして同じ地方の同一時代の人人はいわゆる「時代の理想」を共有することになるのだ。

時代の理想というのはある一時代の個人個人の千差万別の理想を入れてさらにあまりある理想であり、ある時代の人人が知恵を傾けてつくられた理想であり、また剛健な意志力や真摯な情熱で主張され擁護された理想であり、また将来の世界の指導的役割を果す手本や模範様式となって幸福を施そうとするものだ。個人には個人の理想がなければならず、没理想の生活は死骸が漂流するようなものだ。時代は時代の理想をもつべきで、没理想の国家は養豚場と同じである。

わが帝国の首都は善美をもとめる運動や活動がないような生気のない首都であってはならず、常に目的をもって活動するべきで、それは当然の希望として純粋な善、最高の美でなければならず没理想であってはならない。時代の理想は、自らが東京に対して理想世界の首都というものの姿をはっきりと明らかに示すべきである。東京を自然に委ねるべきではない。

明治時代の人人が理想の首都の姿をもたらしてはいる。ところが今日のわが国はまだ青年の学問がようやく進み、知識が熟しつつあるようなもので、まだ安定していない。個人個人の理想がないわけではないが、明らかではない。信仰心もないわけではないが不確かである。個人同士の理想の共通点は、まだ相違点を潜伏させ融解させもしくは相殺して消滅させるところまではカがないのだ。こうして小さな理想を容れるだけの大きな理想が見えず、時代の理想というべきものはなお混沌として形がない。明治時代の人人がいう理想の首都は、いまだに人体の七つの穴が埋まらないという不完全な段階にあるのだ。

たとえ詩人が鋭敏な感情を逞しくしたとしても、今日の人人が描く理想の首都の光景を表現するのはむずかしい。雨や雪や雹《ひょう》や霰《あられ》はすべてつかめるが、まだ雨、雪、雹や霰にもならない雲はつかみようがない。今日の人人が理想とする首都は雲のようなもので、まだ雨、雪、雹、霰の形になっていない。

いまここで明治時代の理想の首都を知ろうとしてもかなわないとすれば、ひるがえって一個人の理想の首都がどのようなものかを問おう。庶民が理想の首都を語れ、それはどのようなものであろうか。

しかし、理想の首都が建設されていないからか、庶民には語れない。だがいまは首都の人人が自覚すべき時、少なくとも自覚を感じなければならない時である。したがって、個人個人の脳裏に理想の東京が徐徐に湧き出してくるべき時である。普通の人情と思慮のある人人は、将来の理想の首都を描き出す程度の智識や経歴をもっているはずだが、ほとんど期待できない。

かつての江戸の人人もいたずらに江戸の善美をいま懐かしむのではなく、まったく自由な理想境に将来の純粋の善、最高の美をもつ東京を建設すべきある。関西、九州や各地方から新しい東京に入ってきた人人も、東京の建設者として後の世に名を残す立場になるのであるから、奮って将来に実現する生命ある首都の準備として、最高の善美の理想の東京を思い描くべきである。個人個人の描く理想の首都は、直接には何も効果を生まないにせよ、理想の首都を思い描く人が多くなれば、様様に描かれる理想の都は多くの共通点をもって一つの形をつくり、時代の理想の名の下に大きな力となって世に出現し、やがてそのいくらかが実現することになるにちがいない。

いまはまだ明治時代の理想の首都を見ることは無理であるが、識者のなかには理想の東京を頭に描く人も、語り、文章にして自分の理想を伝播する人もいる。残念ながらこれらの人人の言葉には即効力はないが、易のいわゆる「甲に先だつ三日」ということである。すでにこのような人人があらわれてきているということは、明治時代の理想とする東京が、ようやく現出してくる機運に近づいた前兆と見るべきである。花はまず南方から咲きだし、一枝から一枝へと移り咲き、ついにはあちこちの林に春を醸しだすのだ。自覚した二、三の人人は南の二、三の枝のようなもので、林に春をもたらす魁なのだ。

ただ残念なのは、余寒がまだあり、肌寒く花びらが綻ばない状態で、いまはまだ先に自覚した人人と呼応して、わが国の首都をどうするかという問題に、回答を寄せる人がはなはだ少ないことである。

首都への期待

機は熟し時は来て都民《みやこのたみ》は自覚せざるを得ず、理想の首都は個人の頭に描かれているにちがいない。であるのに、二、三の自覚した人が発言しても応ずる者もなく、都民蒙昧としてはっきり分からないようで、わが国の首都を無情にも自然の手に委ねてなんとも感じないのはどういうわけなのか。

これは機が熟してきているとはいうものの、なお紙一枚の隔たりがあり、三日まだ早いという言い分があるだけでなく、少数の自覚者の言葉に切実さが足りず、人人の耳目を刺激しないからであろう。

たまたまいまの首都の状況の欠陥を訴えて、それを改めないと非難する人がいるが、要するにだれもが概要はいうが細目は挙げず、総論はあっても各論はなく、理屈はいっても情には触れないのだ。人人に直接の痛痒、利害を感じさせる部分や問題を指摘することなく、大概は漠然とした全般理論を挙げるだけで、識者は納得しても一般人はこれに耳をかすことはない。

煙を見て火を知るということは、容易のようであるがそうではない。たしかに識者にとってはそうかもしれないが、象を触って桶だということは疎いようで疎くなく、一般人の普通にとる行為である。

とすれば、言葉は細部にわたって本当に切実なことを述べ、議論はわずらわしいことを嫌わずにただ空論に陥らないことに配慮する。ひとつひとつの現実の問題を明らかにして抜き出し列挙して問えば、たとえすぐに効果は見られなくとも、多少は耳目を刺激して胸中の思いを引き出すことになる。空しく全般理論を語るよりはましな反応が生じてくるであろう。

本当に国の首都を愛する人人よ、願わくはともに細かな議論を避けず、大言壮語の快感に酔わず、虚言を避け現実に即して、禍福の運命の生ずるところ、栄枯の勢いの分かれるところ、長消の運が決まるところを考査し計量し発言し指示せよ。そうすれば、都外にむかってはすべての人の首都に対する自覚を誘導、啓発するきっかけとなり、都内には個人が最高の善美とする理想の首都の状態を示し、将来、現出させる大首都の地盤の一石となるであろう。

このようなことは自分から先に立って行なう人のやることのように見えるが、首都の一住民が覚悟と行動をとらなければ首都の住民とはいえないのだ。これはもとより首都の住民が当然に担うべき負担にすぎないであろう。

全般にわたる話は当面やめて、部分について語ろうと思うので、細かく煩瑣《はんさ》にわたることは避けられない。また事の軽量、大小によって議論すべき順序があるが、その順序が妥当であるとはいえない欠点も免れ得ない。大きな問題は包含する事物の量も大きいわけなので、詳しく議論するとなると一人の知識の量では対応できず、ある部分にはよく考慮し思案できても、ある部分は評論できない場合もでてくる。知識の欠陥がはなはだしいときはその問題の存在すら認められずに終る場合もあるが、これらの欠点は免れないこともある。

以上のように、首都という一大問題について、個個にその部分、問題を考査、評論しようとすれば、人間に万能力がないかぎり一人の力でできることではなく、衆知を集めて語るべきである。一本の燭台では広い講堂を照らしても明るくすることはできない。一人の智識ではすべて応えられないので、多くの知識を集め衆議をもとめる必要がある。首都という一大問題は、初めから千万人とともに知識を尽し、議論を活発にして解釈、決定すべきものであり、乱暴な何者かでなければ、ことさらに自分が独力で解決できるなどということはできないのだ。

私があえてややもすれば部分の問題を指摘する理由は、たまたま見たり聴いたりする狭い範囲で個人的に感じたり思っていることを述べて、幸いにも何人かの耳目を刺激して議論を誘発できればと願ってのことである。そこに蛇足や不足があったり、一貫性がないようなことは初めから私の顧みないところである。以下の章で知りうるかぎりの部分問題を試みに議論してみよう。東京をどのような種類、どの程度の都会にしようと期待するのか。東京の市外、市内をどのような方法、法律で決めようとするのか。一国の首都の必須要件として市内になければならない政務機関の位置、状態を、市に対してどのような関係をもつものとするのか。市政のよって立つ根拠、行なわれるべき行政範囲をどうするのか。交通機関はどうするのか。教育機関にはどのような施設、設備を必要とするのか。都府内の職業、住居の配置は自然に任すべきか人為的な配置をするか。

警察制度はどのような組織などでよしとするのか。衛生の制度はどのような組織でどのような処理を望むのか。賭博場、売春街はどうすべきか、遊び人、壮士、ごろつき、無頼漢、貧民、孤児、遊女、芸妓、演劇、興行、寄席、公園、市場、大墓地、飛び地墳墓、寺社、いかがわしい宗教集会所などなど、これらの問題は部分とはいってもひとつとして大問題でないものはなく、専門家や識者が熟慮をもって丁寧に議論すべき価値があることは勿論で、どうして一人でこれらに応えられようか。

といっても、知らないことを知らないままに、狭い見識なりに語ることは難しいことではない。知らないで言葉がおよばないのは、未熟さにすぎず、知っていて言わないのは不誠実ともいえる。できれば自分の耳目と思考のおよぶ範囲でいささか述べてみよう。

人間集会場としての東京

志があれば成功し、もとめれば得られる、というのは行動する人間の疑わないところであろう。よって、いまわが国の首都の善美を語り尽そうと望む前に、まず決めることは志をもとめることである。その志ともとめるところが決まらなければ、一切の言論は空論となりすべての考慮は空想となる。

こういえば人はただちに、志すのは善だけでもとめるのは美だけ、他になにがあるのかと答えるであろう。しかしこのような発言は、非常に明瞭のようであって実は曖昧、たいへん確実のようであるが実は漠然としていて、その実体は根拠のない空言《くうげん》であり、相違する見解を同時に包含するほどに大きくなりすぎて、かえって論争、異説が百出する原因になるにすぎない。志われわれが決めようとして志しもとめるのは、このように漠然として曖昧なものではない。志すところはただ善である、しかし善にもいろいろと差がないわけではない、もとめるのは単に美である、だが美にも段階があるはずだ。差があって段階があれば、取捨し選択せざるを得ない。国の首都の善美を徹底することに異論はないが、どのような性質の善美を徹底しようと望むべきかをまず取捨、選択して確定しなければならない。

考えれば、この重大な問題には多くの異なった着眼点があり、それにともなって数多の異なった決断方法があり決断内容もあるが、あまり複雑になると過ぎたるは及ばざるというように、漠然、曖昧としたものよりなお無益である。そこでわれわれは、わが国の首都を世界にむけての東京にするべきか、単に日本の東京にするのか、漫然とした人間集会所でよいのか、昔の野原の市でよいのかの四問を設定してその内容を議論しよう。

世界にむけての東京としての善美と、単に日本の東京としての善美との相違がたいへん大きいことはいうまでもないが、この相違が大きければ大きいほど、志しもとめるものをまず決めなければすべての議論も考慮も空論、空想に終ることは明らかなのである。いやしくも東京を論議しようとすればまず第一に、東京が志しもとめるところを決めなければならないことは当然である。この点が結論として定められなければ、的を定めず矢を放つようなもので、当るも当らないも、是とするも非とするもすべて白昼の夢の跡をたずねるにすぎない。

東京を昔の野原の市のようにしたいと欲する人人は、おそらく現代に生活しているとは思えないが、いたずらに世間に議論をもちかける人がいて、その結論として東京を野原の市にしようとするのである。彼らはいつでも消極論を信条とし、新しい発想を危《あやぶ》み、因習にしたがえば大過のないことを信じ、理想を唱え実現しようとするのを無益な人間の個人的な行動とみなしている。さらに自然の力を尊んで現在の事実の前に首をたれることだけに利があるとする一派の人人の議論は、いろいろに形を変えて世間にあらわれてくるが、結局自然に委ねることが人間の最も智恵のあることであるとし、あえて各種の施設を建設、運営するのを徒労と決めつけているにすぎない。

このような議論をする人人は、なにもない時には議論を提起することもないが、新たな施設の建設、経営をしようとする時には、数数の形式や内容を議論にして、自然主義の福音を訴え、新しい施設を建設、経営するのを常に阻害しようとするのだ。

これらの議論をする人人は学識には富んでいなくとも年齢的な経験は積んでいて、推理力は乏しいが世間には通じており、活発ではないが頑健な自分を信ずることは強固で、自分で動くことは稀なのに反抗することは強力であり、進取の策を企画する人を人として過激に動くと見て、実際には自分は退歩しているのであるが、世の自然な流れに従っている常識人になぞらえているのである。

たとえば、市区改正をしようとしてもまず、はなから不要といった人がいる。鉄道馬車を敷こうとした当初も、害が多く利が少ないという人がいた。下谷の一角を通って秋葉が原にいく貨車鉄道を敷設しようとした矢先に、大がかりな論議を形式をととのえて唱えた人がいた。最近では東京湾造築を必要ないと考える人がいる。

以上に列挙した三、四の例だけでも、眼を見開いて世間の実相を見ればこういう議論をする人達がたいへん多く、この傾向をもつ人人が多いといわざるを得ない。

だいたいこれらの人人は、東京を昔のいわゆる野原の市にしようとしているといってよいのではないか。自然のなりゆきを尊んで人力を蔑視し、古さをよしとし新しさを嫌う人であっても、彼らに東京を野原の市にしたいのではないかといえば、必ず怒って違う違うというであろう。しかしいつも目的もなく自然のなりゆきにまかせ、人間の施設を卑しめて、「そうしなくてもよい」というような怠けて欲望が薄い人だけが集まれば、昔のいわゆる野原の市を造成するには適しているのだ。この人人がいまの都府を建設するわけでもないので、彼らの期するところは東京を野原の市にしようとすることだというのは強言だという議論もあるが、強言とだけはいえない。

昔の秩父の大宮平《おおみやたいら》、相馬の雲雀野《ひばりの》の市などは、詩歌では好材料であっても実際には羨むべきところではなく、一歩すすめて武州の吉見《よしみ》、豆州の柏谷《かしや》などの竪穴式住居の大集落を見れば、ますます自然に近いわけだがわれわれの悦ぶものではなく、人間らしい施設は少なくて満足できないものである。

そこで今日の人人がどれほど頑固であっても、実際に東京を野原の市や洞窟の大集落にしようとしたい人はいないだろうけれども、怠けて欲望が薄く、俗にいう「沈香《じんこう》も焚《た》かず屁《へ》も放《はな》たず」でよしとするような人が志し、もとめているのは東京を野原の市にしようとすることであり、これは厳しく斥けなければならない。言葉がすぎ、厳しい官史が罪名を決めるようなきらいがあるといわれても、あえてこのような発言をするのは、実体がそうなってしまうことを避けたいだけだ。

東京を漫然とした人間集会場にしてはならないことは無論であり、だれがわざわざ一国の首都をただの人間集会場にとどめてよいというのか。とはいっても学識や地位があるといわれる人人でありながら、言わず語らずのうちに、東京を単なる人間集会場にしたいという意向を表明している人が少なくないのだ。

これらの人人は、多数の人が集まる所という以外に都会を考えられず、あえて別の形態を試みようともせず、常に自分だけを中心に考え住っている土地への感情が冷たく、自分の利害には鋭敏でも隣人の喜びや憂いにはまったく関心を示さないのだ。自分のもっている蔵だけが堅固であれば夜に泥棒が出没しても心配せず、自分の敷地内だけ清潔ならば流行病があっても一緒に防ごうともしない。自分たちの言動が都会におよぼす影響の結果を顧みることもなく、ましてや都会の状態が悪化しようと善くなろうとまったく関心がないのだ。

都会は都会、自分は自分、隣人は隣人、鎮守杜は鎮守杜、学校は学校、他人はあくまで他人で、私はあくまで私と、自分以外のものは眼中になく、手足の上げ下げにも労を惜しみ沈黙を智恵の最上としている。都の風俗が変遷し習慣が激変しすべてが改まっても、それをよしとも否ともせず、まるで山中に暮らす世捨て人が雲の流れを見るようにすべてを看過しているのだ。

　このような人は、前に述べた東京を野原の市にしようとする人人と同じで、実際にはわが国の首都に対して何らの思想ももつわけでもない。このように都府に無関心な態度をとる人ばかりが多くなっては、一国の首都は建設されるわけもなく、ただ無関心な人間の集会場をつくりだすこととなる。こういった冷淡で自己中心主義の人人は、東京を漫然とした人間集会場にしようとしているのであるから、厳しく斥けなければならない。

着眼大所の必要

　都府の堕落の真の原因は、きまったように消極的な気持をもって自然の力を過重にみてちぢこまった人と、全体的には無関心の態度を保ちつつ自分には強く執着する自己中心主義の人が増加していることにもとづいているのだ。

　消極的な人は、都府の一切の発達を停止させ、生き生きとした元気を殺ぎ腐敗させ、自己中心主義の人人は、都府のすべてから潤いをなくさせて、あらゆる制度、組織を形式や条文だけのものとして、貴ぶべき人類の親和力というかけがえのない働きを廃《な》くそうとする。残念なことに、世間の運が傾きはじめると消極的な人は一転して卑屈に徹して、さらに滅亡を甘受するようになる。自己中心主義の人は不人情の風を吹かせ、あるいは悪賢こい卑屈なことをするようになる。徳川氏の末期に江戸が滅びようとした時に人人が、一部は消極的、一部は自己中心主義の傾向をもったことは、当時を知るだれもが認めていることで、その悪い結果が江戸の堕落、滅亡になり江戸は無に帰してしまったのだ。

これらの傾向や行動や思想を厳しく斥けるべきことは言うまでもなく、こんなことをわざわざいうのはばかばかしく思われるかもしれないが、詳細に明治時代の東京の人人が真相を見きわめれば、以上にあげた二種類の弊害の穴に落ちていない人は少ないことを知るはずである。江戸以来の土着の住民、いわゆる江戸っ子たちは、今日ではどちらかといえば消極的であるのか、守旧的なのか、すべてを新しく施設したり経営したりするのを悦ばないのか、国の首都をどうするかという問題には怠惰で意欲が薄いのか、聡明な江戸の人人に自ら省察してほしいところである。また、東京になって以後の新しく土着した住民、すなわち大きく変った明治という時代の運命の寵児《ちょうじ》となって東京に入ってきた地方人たちは、今日でも自分中心的なのか、すべてに冷淡なのか、いわゆる町内の交際を蔑視しているのか、地元の祭りに同調しないのか、都会はただ功名をあげるところだという人情薄い思惑を胸に秘めているのか、都府に対して自分は何らの義務も負っていないように感じているのか、これらは聡明な新米の都の人人に、自分で省察してほしいところなのだ。もし幸いにして、旧来の江戸の人人や新米の東京の住人が毛の先ほどにも、これらの弊害の穴に落ちることがなければ、東京を野原の市にしたり、無関心の人間集会場になる危惧をくどくどと話してきた愚かさや粗雑さを悔いたり謝ったりしたい。

わが国の首都をただ日本の東京として善美なところとするべきか、世界の東京として善美なところとするべきかは、非常に慎重な決断を要する大きな難問である。東京を野原の市にするべきか、無関心の人間集会場とするべきかなどの疑問は、わざわざ考えなければ存在しないといってもよいようなものなので、答えはひと言で足りるが、わが首都を世界の東京にするか、単に日本の東京とするかは、考えようとしなくてもわれわれが必ず撞着《どうちゃく》するべき問題であり、一朝一夕に軽軽しくは決められないほどである。

ただし、この問題が決着すれば、施設経営の標準、方針がすべて決まることになり、大きい家が築かれようとする時に礎石《そせき》が前もって準備され、大作を描こうとする時に題が早くから決められているようなものだ。

とはいうものの、問題は大問題であっても難問題ではなく、軽軽しくは定められるべきではないが、細細《こまごま》と考えても解決できないわけではない。包丁の入れ方を知っていれば牛でも容易に解体できるように、着眼する所が分かっていれば事は円滑にすすむことはいうまでもない。

現在の世界では、どのような国でも一国では国の運命をどうすることもできず、必ず他国の運命のある部分と複雑な関係を結んでいて混同し攪拌《かくはん》されているのであり、どんなことでも単に一国内だけのこととして意見したり論をかわし、計画をたて方針を決めることはとても愚かなことである。

たとえば碁を囲んでいて一隅の損得だけを念頭において打つのは、たとえ熟考して万全にして精密だとしても結果的には必敗の凡手にすぎず、他の三隅や中央などに思慮しないことの結果は、計算違いを次次として回復の道がなく終ってしまう。自国の運命と関係づけられている各国について、あらかじめ充分に考察してから決定するようでなければ、得策も得策でなく卓論も必ずしも卓論ではなくなるのである。人が囲碁で碁盤にむかい勝とうとすれば盤面から計算せざるを得ず、国が世界で大事を成功させようとすれば、全世界からみて計算しなければならないのは、火を水に水を火にする幻術を使う者でもいかんともしがたい時代の法則である。

日本が神州であり傑然として東アジアに立つといっても、四六時中世界の潮に岸を浸され、よせてくる浪に砂をかきまぜられているのであるから、いやしくも日本の首都をどうするかという問題を考察するには時代の法則にしたがって、部分からではなく全体から計算し一国だけではなく各国に配慮して、眼を大きな所に置くことを忘れず、心を遠く未来の計画にもっていくことが肝要である。

着眼大所は、今日の激動する競争社会にあって最適、最高、最上の言葉である。これですべての迷いや疑惑は排除され、真実や覚悟がもたらされる。

知っているだろうか。ある国で石炭脂から顔料をつくりだせばある国では茜草《あかねくさ》を栽培する農業は廃れ、西の国で繭糸《けんし》を必要とすれば、東の国で茶園を桑畑に転換するということになるのだ。最も安定している農業でさえも世界の状況に応じて変化するのであるから、工業や他の産業が変化するのはいうまでもないことだ。

守株《しゅしゅ》の諺は論外であるが、眼を大局につけることを忘れればすべて人後に落ち悲しい運命に遭遇せざるを得なかったり、眼を大所につけて世界と自分との関係をたくみに操縦すれば悦ぶべき運命に遭遇するのもまだ今日の時代である。

農業、工業、商業、学問、政治、宗教、風俗もすべて世界各国と影響しあって、決して遮断されないので、着眼大所を世渡りの指針にしなければ、大過なくすごせない。われわれは西洋から輸入した釘で組み立てた家屋に住み、ロシアやアメリカの油で明りをとり、インドや支那《しな》その他の綿でできた着物を身にまとい、時にはサイゴン米、メリケン粉を喰べているのだ。直接に一人に加わる世界の力ですらこのとおりであるから、日本は既に日本の日本ではなく世界の中の日本であることを知るべきである。であるから、わが国の首都は単に日本の東京にとどまらず、世界の一大都市であることは論をまたない。鎖国の時代は覚めた夢となった。世界の大舞台の幕はいま開かれ、われわれは努力して世界の大都市を建設しなければならない。日本的規模の小都市をつくりだすなどということは望めない、また望まないのであるからそうあってはならないのだ。

中央政府と都市の権能

日光は下野《しもつけ》の日光ではない。日本の日光であり、奈良は大和の奈良ではない、日本の奈良である。ローマは半島国のローマではなく、世界のローマである。この意味でロンドン、パリは、英国、仏国のロンドン、パリではなく、世界のロンドン、パリである。まことに羨ましい、羨ましいかぎりである。東京が武蔵《むさし》の国の東京ではなく日本の東京であることはいうまでもない、だれが東京を日本の東京にとどめずに世界の東京にするのか、だれが東京を世界の東京にしてくれるのか。古人もいっている。志があれば成功する、もとめれば得られる、行動する人にはこの言葉を疑う暇がないものなのだ。

世界の東京を追求しようとするのは、冷静な智識からすれば妥当な判断で、暖かな感情からすればきわめて自然な要求であろう。そこでわが国民はわが東京を世界の東京にすることを、首都の根本の理想としてすべての標準、永遠の方針とし、この理想にあって標準にかない、方針にそうものだけを取り、逆に適せずかなわないで反するものは斥《しりぞ》けるべきである。理想は下げずに、標準は改めず、方針は変えずどこまでも一本の鉄線のように貫くべきなのだ。

ただし行動するのを急げば失敗することになるので、現実の問題に対処するに当っては、琴の弦の緊弛《きんし》の調子を整え、漢方薬を練るのに火加減を上手にするように的を射た働きをする余裕があることが大切である。

規模は大きくしておくべきで、小さくしてはならず、施設は現在のことだけを考えず将来に配慮しておくべきである。ただこのような抽象的な話で将来の東京に望むべきことが尽されるわけではないので、いまは世界の東京にするべき理想や方針、標準を確立し、たとえ東京が経営をしている施設の廃止、変更はあっても、この理想、標準は長く廃止、変更しないということでこの大問題を終結したい。

次に部分の問題をこの理想、標準の方針にそって語ろう。そこに硬軟や緊弛があるのは勿論である。

都市のすべての運営と経営の発生、すなわち市政の根拠はなにがもたらすのか。中央政府と都市自体の権能の境界線はどう描かれるべきか。府会、市会の業務、その範囲はどう決められるべきか。府会、市会の議員の被選挙権、選挙する者の資格さらにそれぞれの員数などの規準はどのように定められるべきか。区会、町村会などの規定はどうするべきか。およそこれらの市政の機関は今日、現存のままでも活発に正常に長期にわたり首都を存続させ、活動させ、経営させ、そして発達し繁栄し円熟させるのに適しているかどうか。

ここでは現在のすべての制度が円満で欠陥がなく、法律、条令、規則が備わるだけでなくその精神活動にまでも余裕があり、心から都を思う人が適当な場所で政見を論じ、いわゆる都の名誉職などを良識のある都民《みやこのたみ》が軽蔑することなく、口先だけでなんの能力もない者たちがはびこっていないことを信じて、詳しくは論じない。

東京市域の内外の区別、要するに東京市と市外の境界線の仮定、確定はたいへん重要な問題である。今日でもその境界線は定まっていないわけではないが、確定しているといえるのか。もし確定しているとするならば、どのような基準で境界線を確定したのか。単に租税の負担率の差異であるならば無駄な区画であり、また住宅の疎密によるものならば年年の変化があって差異が確定していることにはならない。たしかに畜産の飼育、屠殺、埋葬の方法その他については市の内外に差異はあるが、それらは境界線が定められた後に生じたものであって、差異があるために境界線が定められたわけではない。市の内外の別が確定されたとも思えないのが、今日の実態である。

では、市内外の境界線は仮定のものなのか。

もし歳月がたった時に市の境界線を移動することを予期して仮定しているならば、市外地が市内に入り、市内地が市外に出されたりする明確な一定の基準が公示されてしかるべきである。ところがそれがないので、市外の某村の住民が市内に編入してほしい、と請願する実例を眼にしたのも一度にとどまらない。

市の区域を定めることがなぜ重要な問題かというと、市の内外の境界線が明らかでなく市内が市外のように市外が市内のようになれば、すべて各施設の経営は責任と業務が曖昧《あいまい》となり、不便と混乱が生じるからである。それゆえに都市の施設や経営を論ずるに先だって、仮定であっても都内と都外の境界線を明らかにして、数数の事情のもとに相異している状態を残しておくことが大切なのである。

そもそもむかしの支那やその他の外国では都市は城であり、都内は城内、城外は都外とすることが多く、その区画は明らかであった。しかしわが国では昔から、都は城ではなく都は都、城は城であり、都内外の区画が明らかではなかった。今日では境界線があるかどうかさえも、外国人から疑われて当然である。

わが国では昔から戦争は武士と武士の間で行なわれたが、庶民のために武士が戦ったわけではなく、自分たちの権勢欲、利益や武士道のために戦ったのである。そのことの自然の結果として、農民、職人、商人は戦いに障害となることはあっても益にはならず、籠城する時は兵糧米を必要とするので彼らを城中に入れるわけもなく、彼らも欲しなかったので城は兵営と解釈してよいのである。わが国では城は都市の一部であり、都市は城の周囲や一部に含まれるもので、いわゆる「城下」の名称もここからくるのである。

そうであるから学識ある人でさえもかつては書物で支那の城が広大と知った後で、城が都市であると理解する程度で、日本人は城外と城内の区画は認めていても、市外と市内の区画を明瞭に認めないという習慣を残していた。そのため市外、市内を分ける感情に疎く、都府の広さ幅員などは自然に放任して顧みないで、障壁などで都市の内外を分けるかつての支那のようなことは、夢想もしていなかったのだ。勿論わが国でも江戸の品川口、板橋口、新宿口、千住口のような都市の内外を分ける、いわゆる「出はずれ」の地はあったが、それは通路の関所のようなもので、都市の内外の境界線というよりはむしろ都市の防備線という性質のものであるから、都市の面積、規模などがそのために定められるということはなかった。

三階、四階建ては実質富の増加

このようにかつて都市の周囲に障壁があった歴史のない国民なのであるから、都市の問題についてもまずその都市の面積、規模を決めることが重要であると着眼できないことも無理のない事情である。また都市の周囲に障壁をめぐらした国にもいまは既に、障壁がない世界の傾向が伝わり、大陸を観光してきた客などの話で聞くことも少なく、このような問題に触れる論者の声を耳にしないのも無理もないことである。しかしながら私の考えるところでは、都府の周囲に障壁を建設するような世界の傾向に遅れたことをいまさら行なう必要はないにしても、都府の内外の境界線は仮であっても確実に設定することは絶対に必要である。

幕末の江戸にくらべて今日の東京が繁栄していることはいうまでもないが、国中から人が東京に集まってきて都民《みやこのたみ》となる者が非常に多いことの結果として、家屋は年ごとに市中の空所を埋めて、ようやく隣接した閑地すなわち俗にいう「場末」までにも迫って、いまやあらゆるところに人家が櫛の歯のようにすきまなく林立する状況となった。家がまばらで草木の茂っていた郊外もまた以前とは異なり、鶯の子の啼き声が嬰児の啼き声に替わり、機織りの音が格子戸の音に替わった世の中になり、東京は膨張してきた。今日なお東京市外が市内と同等になろうとする勢いは止まらずに、日日に都市は郊外へ浸蝕しようとしていてその勢いは、たとえば水を机の上に注ぎつづければ水は四方に流れ溢れようとするようなものである。

これは要するに繁栄の結果であって、歓迎すべきことではあるが、このように東京の実際の面積、規模が短期日のうちに変化すると、すべての施設の経営を決定するうえで非常に不便となる。

たとえある土地が市外にあっても実際にそこの佇《たたず》まいが市内と同じであれば、事実として東京の内ということになるのであるから、市外だといって軽視するべきではなく、名目はともかく、実際には東京の一部として処理するべきである。ところがわずかな歳月のあいだに「実際の東京」の変化が激しくなれば、東京の施設経営は立地上からも不安定となり、これによって生じる不便は考えも及ばないものとなろう。

水が氾濫するように容易に市外を呑みこんで市内としていく都は、いたずらに面積だけが広がりすぎて実質は薄っぺらいもので、繁栄してゆき内実もともなっていこうとする望みが果せなくなることは必然の結果である。

面積が広すぎて実態がともなっていなければ都市が善美でないことははっきりしていることで、たとえば建坪が広いだけの家の一坪当りの経費が少ないように、善美ではないことはいうまでもない。都府は繁栄にふさわしい実質がともなっていることを望んでいる。そうでなければ、都府の面積は増えても、善美が増すことはない。

もし都府が大きくなったからといって善美も増してほしいと思うなら、都民はいままでよりも負担の増加を認めざるを得ないことになる。平屋建てを二階にするのと平屋建てを増やすのとでは、人の収容数では同じであっても都府に対する影響はまったく違う。平屋建てを二階建てにすれば、都の面積を増やさずに実質は増やすことになるのだ。一方、同じ平屋建てを増加すれば、都の実質の富を増加しないで面積を増やすことになる。三階建て、四階建てになればますます実質の富を増加する。

しかし都の公共の経費すなわち道路の築造や修繕、水道の設備、下水の排泄装置、防火、防犯の手段、衛生、交通の機関などの経費は、都の実質の増加に比例するよりは都の面積の増加に比例して増加するといえる。すなわち都が繁栄するにつれて面積が増加する場合、同額の経費で支えられている時には都の状態は進歩しないことは火をみるよりも明らかである。

これに反して、都が繁栄するにつれて実質の富が増加していく場合は、都民《みやこのたみ》個人個人が従前と同率の経費を負担しても合計金額が増加していくのだが、それとくらべて使用される面積は増えないので、多額の経費を同一面積に使用できる結果として都の状態は進歩しているといえるのだ。

大都市とは面積の広いことではなく、有する有形、無形の富が大きいことをいうべきである。東京の面積が次第に大きくなることはあながち悦ぶべきではない。

一本の道だけで長い市は同じ戸数で円形、方形の市にくらべて、不便、不利益であることは論をまたず万人が想像できることである。伊勢の松坂（消失前）は長くて幅のない地であるが、それは通行する旅客への営業関係から生じた特殊な現象であり、長さだけがあって幅のない市の不便、不利益はだれもが理解できる。もし東京が一直線であったら、その不便、不利益はどれほどであろうか。

そこで長さだけがあって幅のない市が不便、不利益であることはいうまでもないが、これと同じに平面の面積だけで高さのない市の不便、不利益も論のないところである。奥州白石は明治以前には二階建はほとんどなく、豆州下田は古来から繁栄した港であるにもかかわらず、いまでも階層の高い建設はまったく少ない。これらは特殊の制度とその他の人情の結果であり、さらに地方の小さな市にすぎないからそうなのである。

仮にもし東京が平屋建だけだとしたらどうだろう。その面積が広いことはいうまでもないが、道路はどのような状態であるべきなのか。水道設備はどのような状況であるべきなのか。下水道の排泄装置はどの程度まで具備されるべきなのか。警察、衛生、交通機関はどの程度まで行き届いているべきか、を推量すべきである。

現状にくらべてとてつもなくへだたっているだけでなく話にもならない状態であることは、だれもが容易に想像できる。平面だけで高さのない都市の不便、不利益は、長くはあっても幅がない市の不便、不利益と同じようなものである。それゆえにこの事情を逆に考えて、都府が繁栄を続けてくるにしたがい、できるかぎり高さすなわち実質の富を増加させれば、利便が増してくることは推して知るべきである。

個人の権利と法令

仮にもし東京を三階建の家屋だけにすればどうだろう。東京の面積はいまに比べて縮小することになり、道路だけについてみても、都民一人一人の同率の負担によって築造されるにせよ、その合計額の経費は狭い面積に使用される。したがって工事はいまに比べて順調に進捗し、今日のような道路になるはずはなかったであろう。

高さである、高さである。私は東京が高さをとり入れ、実質で堅固で高さのある豊かさを増加させることを祈りたい。東京が昔の松坂、白石、下田のようになるきらいがある状態になることを望まない。

都市の状況を良好にするには、都市の面積を増加するだけでなく、実質の富を増加する必要があることは既に述べた。都市外すなわち都市に接近している郊外の状況を良好にするために、水が氾濫するように都市が都外を侵すことのないように望みたい。というのも、郊外は都市にくらべて各種の施設が緻密でなく、たとえば飲料水を引き、下水を排泄するなど他の衛生、警察のいろいろな点で、数数の施設は都市とくらべてははなはだ単純であるとはいえ、弊害がないのは一つに人家が稠密《ちゅうみつ》でなく自然の調和に任せられる範囲の環境にあるからである。ところが都市が繁栄するにしたがって、水が氾濫するように人家は歳月とともに郊外の野菜畑や麦畑を埋め、林野の物静かな環境が変り廂《ひさし》が隣り合わせとなり、鶏や犬の鳴き声がのどかに聞えたところも新聞売りの鈴の音がせわしくなり、都外といえども実は既に都内と同じになった。飲料水も足らないほどの勢いとなり下水も自然に任せられない不潔きわまりない状態となり、警務上、衛生上の注意や施設も市内と同様に緻密にならざるを得ない状態になるであろう。

このような事実の結果は、都の面積を拡大することとなり、したがって都の経費を追加させ、郊外の面積が減少することとなり都民《みやこのたみ》を郊外から遠ざける原因となるに違いない。都の空気の流れを悪くさせ清浄でなくすなどの各種の不利益をもたらすだけでなく、間接的には都に実質の富の増加をさせず、善美をもとめる歩調をいちじるしく遅延させることになるであろう。

さらにはこのような土地の変化が不明確で、都内を望んでいるがまだ都内ではなく、郊外を望んでいるがすでに郊外ではない状態がすすんでいるものは、最も処理が困難であって、市内、市外のどちらに編入するか衝突しているところなどもあり、市部や郡部の識者や当局者がこれの処理に惑い、難儀な時間を送っている。この種の土地は衛生上、警務上の危険が多く、直接に関係する都府に各種の危険や、不便、不利益を感じさせている。しかも面積が広域にわたるので、ますます各種の損害を誘発させることとなるのである。

都は都としてふさわしい各種の施設経営をしているが、都外は都外の実態にそった簡単な施設経営をし、ある程度は自然を生かして効果をあげるべきである。このことによって都が少しずつ善良になり、都外を久しく自然豊かにし、都と都外とが相呼応して長所を享受する道となるのではないのか。

都はその実質を豊かで堅固なものとし、都外は自然と人間との関係を適度に保たせるべきである。そうなれば都と都外を分ける境界線の設定や確定の必要がでてくる。

とはいっても、私はいま昔から学び、都の内外を分ける障壁を設けるべきだといっているわけではなく、また東京を縮小させようと希望しているわけでもなく、さらに今後東京を一定の広さのままにして面積を増加するべきでないというわけでもない。前述のような計画、要望はすべて無駄な徒労であると信じて疑わないだけなのだ。

ただ適切な境界線を定めて都の内外を分け、都外に家屋を新築しようとする場合にはある規定を設けておけば、都外としての状態を保てると信じているのである。都の周囲の都外にある規定をおいて長く都外の状態を保っていれば、都がみだりに都外を呑み込み水が氾濫するようになる恐れがなくなり、都が繁栄するに比例して自ら実質の豊かさと重厚を加え、間接的に都の善美を高めるようになることは疑う余地もないのだ。

では、その規定とはなにか。私はいまここで詳細はさておき、その大体を語ろうと思う。主なことは、家屋と家屋の間に若干の土地を確保しなければならないということ、それに家屋税を節約する目的で数戸を合同の家屋とする、すなわち俗にいう「長屋」を建設できないこととすること、さらに「宿場」についてはある等級の道路にそった土地にかぎって家屋を横に集合建設できるようにすることなどである。

これらのことは個人の権利を蹂躙《じゅうりん》するように思えるが、法令としてあらかじめ定めてあれば個人もまたそれにそって計画するようになるので、それほど個人が不便を感じることにはならない。たとえ個人が多少の不便を感じることはあっても、都外は都外らしい状態を保ち安定してのどかな生活を長く維持させ、都内にはその利益を受けさせることになれば、一般の人人は必ず満足するにちがいない。

ただし都市が繁栄するにしたがい、都市の実質の富は頂点に達し、その勢いで都市の面積を拡大しなければならない場合も生じる。そのような時は議会で都外と都の境界線を移動させることになる。私はわが国の首都の面積の広さを固定してしまうような愚行を支持しようとは思わない。ただ流動性のあるものは盆《はち》に盛る智恵があることをいっているだけである。

都の境界線が決められなければ、都外の土地の価格が低いことやその他の事情で、都民《みやこのたみ》はつねに流動して定まらず、「実際の東京」の変化がいちじるしく、本来の大都市が行なうべき施設運営や経営は地政上、動揺して定まらないのである。平面には水をたたえられない。自然に放任しておいて都の面積だけが拡大するのではいつまでも力のない都が存在するだけで、その発展はある程度でとどまり、その弊害に苦しみ崩潰していってしまうだけである。

都内の各種の施設の配置について、自然にまかすべきか人為に託すべきかまたはある程度それぞれ自然や人為に頼るべきかは問題である。とはいっても、この問題は抽象的に議論すべきでなく、時間をかけずに実際に個別に定めるべき性質の問題であることはだれもが考えつくことなので、まずは個個の問題として考え決定し、その後に自然に委《ゆだ》ねるか人為に頼るべきか、またある程度自然や人工にそれぞれ任せるか決定するべきである。

都市施設の配置と幼稚園

工業はもっぱら深川、本所や隅田川沿岸などの水利のある各地に集まり、商業は人の通路の要所にそって色色な便利が備っているところを占め、個人はその自分が便利とするところに住居する。これらは自然に任せればよいのであって、だれがあえて小ざかしく干渉することを智恵があるというだろうか。

しかし区の区画、中央政府や市役所の所在地、裁判所、区役所、警察署の所在地、遊廓、公園、墓地、遊技の興行場、劇場の所在地、芸妓の住居などは他におよぼす影響が大きいので、当事者や経営者や関係者などの自由な選択に任せて都のある場所を占有させたりするよりは、都市が自ら利害を評価し計画した後に、関係機関などがそれぞれその場所を許可される基準を確立していくのが都市にとっては利益と道理のあることである。

今日でも都市はある種の建築物などの配置について許可認可、不許可などの権限があるが、いまだに権限のおよぶ範囲が狭いのは残念である。

裁判所、区役所、警察署などの所在地は片寄ってはならないし、遊廓の所在は制限しなければならない。公園はその趣旨にあった地勢と区域が指定されなければならない。墓地は都の繁栄を妨げてはならない。娯楽のための興行場や劇場は、教育機関、政務機関、刑務所、教会、感化院などとはある程度の距離をおかなければならない。芸者は良民と雑居してはならない。これらのことには制度を設け、配置も規定しなければならない。

すなわち都市内の建築物の配置は都市に委ねざるを得ず、自然に任せるべきではないのだ。

昔は実際に鍛冶町《かじちょう》には冶工が、具足町には具足工が、弓町には弓師が、紺屋町には染工が多く住み、本町といえばどこの藩でも四方に通じる大道に接し中枢の地であった。しかし今日の時勢ではこれほど明確に人為の配置をするべきではないが、周囲におよぼす得失、善悪の影響がいちじるしいかぎりは、人情と道理の許す範囲の制度をつくり人為の配置をほどこしてもだれも否定しないであろう。必ずしも放任が自然だということで許されるわけではない。

教育に対する機関、制度、組織については、ここではあまり論議しない。言及すべきことがないわけではないが、それらは純然たる教育問題であり、都市問題としてはいうことが少ないということだ。

ただし都市問題の内部としての教育についていうべき点は、各種の学校が周囲の事情や風景と相応、適合している土地に立地していること、一区に何カ所かなるべく多くの幼稚園を配置することである。教育は神聖であり、学校の隣りには不適切な臭気を放つようなものがあってはならない。ただし学校には売春宿の近くにも建設する自由を与え、売春宿や芸者屋などには学校の側に立地する自由を与えないことである。

幼稚園はとくに都会に必要であって、都会が繁栄すればそれだけ必要の度が高まってくる。子どもは一家の無用物ではなく、近い将来に一家の運命を支配するようになるのだから、小学校の門をくぐる以前でも、泣かせなければよいといって、誘惑の多い市中に無分別な老婆や少女などと目的なく歩かせることがよくないことは識者の指摘をまつまでもない。善良な家庭の子どもが不良になるのは、たいてい無分別な老婆や少女の卑しい経歴や性質からくる行動やことばや態度に伝染することが起因したり、他家の子どもに影響をうけた彼女らが原因となる。

村落とは異なり家屋が軒をつらねる都内のことであるから、子どもを遊ばせる空地もないままに老婆や少女などが背負い、または子どもを家外に連れ歩くのはやむを得ない事情である。ところがひとたび家外にでれば、老婆や少女などが、美しい物品を陳列する商家の店頭、錦絵屋の店頭、小劇場の絵看板の下、あるいは神社、仏閣あるいは飲食店などに走り寄って、同じように子どもをともなった老婆、少女などと集団となるのも人家が稠密な都内の事情からは当然のことである。

このようにして馬車が走る危険な街頭や、尊厳や神聖を保てない神社、仏閣の空地に悪魔の幼稚園が開設されて、下劣な話、卑猥な唱歌、放らつな行動によって清浄で無垢《むく》な人の子が呪われ、誘惑され、感化され、貴ぶべき父母の遺伝を抑圧されて、劣った遺伝が機会に触れて拡充、発展されていくのだ。

分かれ道で泣き、白い糸が色に染められて歎く楊朱や墨子のことは古い『唯南子』に記述があるが、ひとたび悪魔の幼稚園にいって観察すれば、彼女たちの雇い主も憮然として歎かざるを得ない。というのも、子どもも背負われているうちはまだ玉のようで、泥を触っても幸いにも染まらない。しかし成長して三、四、五歳になると、たとえば海綿のように、なんでも吸収できるものは吸収しなければすまないようになるからだ。

いまは詳細を語らないが、私は徳育は智育に先だつものだと考えているので、とくに三歳から就学年齢になるまでの児童を悪魔の幼稚園に放して、不健全、不善良の雰囲気を吸収させてはならない。

子どもを擁護する老婆や少女なども、村落の者より都会の者は毎日が欲望を誘発させる機会に出会うことが多く、また村落では多数の友だちと集団をつくることもなく、たいていは子どもの家の周囲などで遊ぶので子どもの母親の監視下にある。ところが都会の者はややもすれば集団をつくり、家の監視の外にでるのが普通で、子どもへの影響の差は非常に大きくならざるを得ない。さらに子どもたちの相互の感化、すなわち三、四、五歳頃の子どもたちが家庭を離れて父母の監視の外で他の家の子どもと遊ぶ時間に交わす相互の感化も、有力であることはもちろんである。子どもたちが多数であることと、無用な刺激が多いことなど、また村落にくらべて都会に不善良が大きい傾向にあることは、だれもが想像し納得できることである。

これらの弊害をすべて取り去り、清浄で無垢な人の子どもをそれにふさわしく遊ばせる思慮ある人の監視下で、善良で健全に成長、発達させるには幼稚園の設立以外にはない。都会を郊外にはできないのであるから、都会の子どもを郊外の子どもにすることも不可能なのである。というわけで、郊外では子どもたちのために無害で安全な遊戯場や幼稚園を設置する必要も別段ないが、都会では当然に具備すべき最重要の案件として多数の幼稚園を設置するべきだ。

これは私が絶大な熱意をもってこの大都会で多くの美しい紳士、淑女の一つの希望であってほしいとするところである。私は大学より高等学校、高等学校より中学校、中学校よりは小学校、小学校よりは幼稚園が設置され完成することを教育上の急務とすべきと考えている。

なおこの点に関連して、教育界全般の経営拠点を大学、高等学校などにおきがちな今日の状況は好ましくなく、施設経営の拠点を幼稚園とすることが好ましいことなどを卑見としてもつが、そのことは別の機会に論ずることにして、都会には幼稚園を設けなければならないというに留めておきたい。

交通機関と汚水、雨対策

交通機関の建設計画の論争が図らずも沸騰したことは、都民《みやこのたみ》の愛都心を強く刺激した、大きな功績を残した。しかし残念なことに、その争論の主要な点について明瞭な結論はあらわされずに終ってしまった。

私はこの交通機関の問題と、都の内外の境界線を決めることとの関係は大きいと認め、慎重な態度で考えざるを得ないと認める。ただし幸いにしてすべての都民はこの問題に注目しているので、私があえて提起する必要はないと思う。私がすすんで発言することはしない。

道路は東京の難問題である。補修すればすぐに破損し毎年人力と資金を費やすことが少なくないにもかかわらず、都民はいつまでも満足できずにいて、外国人が罵詈《ばり》するところである。

もし東京において実質の富と道路の面積の広さの関係が今日のようでなく、いまにくらべて面積が狭く実質が富んでいれば、東京の広さで外国の都会のような煉瓦、木口畳《こぐちたたみ》、甃《いしだたみ》、セメント、三和土《たたき》もしくはアスファルトなどの道路を望むことができないわけではない。ところがいまのように道路の面積が大きく、東京の富の力も薄弱であっては、何年たっても雨天の際の泥の流れ、風の時に灰が飛ぶ不快の状態が改変することもないのだ。土木学の進歩も無理な要求には応えられず、手のくだしようもない。もししいて低額で道路改良の方法をもとめれば、すべての車と牛馬とを使用させないことである。車輪と牛馬は道路を激しく傷めるからだ。戯言《ざれごと》はしばらく措《お》くとして、かなわない要求はするべきではない。

銭を多くもつ者はうまく商売する、無い袖は振れぬというのではないが、今日の東京には道路がよくなることなどを望むのはほとんど無理である。しかしあえてその方法をもとめれば、ないわけではない。というのは、東京の土地は一方は武蔵野系の広野の一部で、一方は隅田川系の葦の茂った沼地を埋め立ててできていて、土の性質は佐藤信景の『土性弁』にでている黒くあらい壚土《ろど》に近く、さらに車や馬がこねまわせば性質は細かく軽くなって粘着力がなくなり、磧礫《せきれき》を敷いてもそれらは地中に没して、雨雪が降ってもすぐに滲透して地中に消えることなく、したがって硬質な物質で表面を被わなければ善良な道路は築造できないのだ。

そうなれば、到底廉価に道路をよくすることは望めないが、今後二度の機会があって少しは今日の状態より少しは改善されると思うので、それに乗じて大修繕すべきである。ただし、機会といっても積極的に良好になるわけではなく、わずかに消極的に道路を傷める原因を減らす工夫を指すにすぎない。

一度目は交通機関を整備し、日常の市内の道路が直接に負う重量の運搬をいちじるしく減らす時である。ふだん道路を破壊する有力な原因となる荷馬車、荷車、人力車などに載せる貨物の多くを鉄道で運搬させるようにすることによって、道路は築造、修繕しているかたわら破壊される惨めな状況に陥らずに、多少は良好な状態をあらわすようになるはずだ。

二度目は汚水、雨水の排水が、今日より発達した完全な組織によって実行されるようになった時である。汚水排泄の方法は今日でも既に往時にくらべれば随分と整備されているが、とても充分とはいえず、少し雨が降れば雨水は人家の汚水とともに路上に氾濫している。雨、雪などが迅速に排泄されないことが、道路にとっては最も避けるべき毀損《きそん》の原因である。衛生上の関係から東京の汚水排泄方法は今後ますます整備されていくはずであるから、雨、雪が道路を軟弱にするようなことは必ずなくなるようになり、道路がいくらか改善された状態になる時がくるはずである。

この二度の好機に道路を改良し、道路を破壊する有力な原因の一つである重量のある荷物を運搬する車輪の太さに反比例して税率を決めて、なるべく路面に触れる車輪の面積を大きくする施策を具体的に規定し、少しでも道路が良好な状態を持続するようにするべきである。積載する重量が大きくて車輪が細い時は、道路にくい刻んで激しく傷めるので、どのような良好な道路でもやがて破損されるのは明らかな事実である。現在、「馬力」といっている荷馬車は構造が強固で巧妙で百六十貫以上にも達する荷物を搭載できることから、車輪が細い時は、たとえ煉瓦、セメント、アスファルトなどの道路といえども、すぐに刻まれ傷むこととなって毀損するのは明らかである。

しかし発達してきている車輪の構造を疑問視して、搭載する重量を制限したりある種の車輪を使用禁止しようとするのは好ましくないことである。そこで搭載できる最大重量に対しては正比例的に、車輪の太さについては反比例的な税率を決めて課税する。そうすれば道路の破損で失うものを車税で得て補塡する理屈となって、そのため車輪が太く道路を破壊しない車両が使用されるような趨勢となり、少しでも道路に良好な状態を持続することになるはずである。

とはいえこのような説は、あえて述べたにすぎない。実のところ窮余の策にすぎず、ただただ小さな補修にすぎないのだ。

少ない資本を投ずるだけでは立派な成果は手に入らず、労が大きくなければ収穫が豊富でないという大きな道理は、どこまでもあてはまる。東京に実質が備わった時には、大理石の道路でも造築すべきである、なんで躊躇する必要があるのか。

水道水と下水

飲料水の供給は有名な明治二十八年十一月、東京市議会の水道用鉄管の不正事件の躓《つまずき》で大変な物議となっただけでなく、水道の完成の時期を大いに遅らせたが、ようやく進捗して完成も近くなり満足するところである。

ただこの飲料水の水源地の監督がまったく厳密ではない傾向があるので、設計が画餅《がべい》にならないように注意する必要がある。旧水道や新水道がどこに通じているかが明確でないので、今年の夏に悪疫《あくえき》が流行した時には、無智の人間が汚物を上流の上水の枝管に投入したことがあって府民を驚かせた。いまなお記憶に残るところである。これは愚かさこの上ない行為で、こんな例は稀有である。

しかし府内の上水の上流の住民が日頃から特別の注意を払っているとはだれもが認めないところで、上流沿岸の住民が上水にもつ意志、感情が、普通の川の流れに対するのと大差がないこと、都民《みやこのたみ》にとって心配ではないか。

水源地はすべて清潔で整備されていて、都民が飲料にすることに疑念をはさむことがないようにする必要がある。もし水源地が清潔で整備されていなければ、その恐るべき結果はだれもが想像がつくものだ。

また上水の上流の住民は十二分に意を用いて、上水が清潔であるようにしておく必要がある。もし上流の地域の住民の上水に対する意志や感情が、普通の川に対するように、塵芥を流しても反省せず、汚穢物《おわいぶつ》をあえて投棄するようなことがあれば、結果は都民にとって畏怖《いふ》すべきものとなる。

もとより沈殿池、濾過池、水源のいずれであれ、適当な対策が施行されているべきことは当然であるが、われわれが望むのは、水源地一帯の住民が充分に上水を重視するように、たとえば清浄を損なう行為には厳重な罰則を、また清浄を阻外しないような各般の規程を公表することを都民の世論として、為政者に要求したいのである。

汚水の排泄方法の完備の必要性は、衛生上はむしろ飲料水の供給方法の完備よりも高い。というのも、衛生上の忌むべき病源の伝播《でんぱ》は、汚水の排泄方法が不完全であることに基因することが少なくないことは、衛生上の智識が乏しい者でも想像できる。下水工事がほぼ完成した地域は乾燥し清潔で健康に適していることは分かる。ところが本所、深川、下谷、浅草などの湿地の不潔な光景は、連日にわたって快晴なのに溝渠《こうきょ》の濁水が溢れるほどで鼻をつく臭気がいつも漂っている。土地は乾燥することがなくいつも梅雨の季節のようで、一見して健康に適しない土地と分かる。これらの土地の常として少しの雨にも溝は排泄する間もなく汚れ、不潔な水は街に氾濫して塵芥蓄積所の塵芥も人家の糞便もいっしょに流してしまうのだ。

このように衛生上の怖るべき状態はだれでも認識していることであるが、なぜ衛生に関心のある人がこれを論じ改めようとしないのか。もとの地勢がそうなのだからどうしようもないというのか。もし地勢がそうならば、人為の力で補って修めるべきで、人は自然をどうにもできないほど微弱ではない。もし地勢がどうしようもないとすれば、住民の居住を固く禁じるべきで、葦と荻に任しておけばよいのである。昔から都府は人為の修治の手を貸りずに、美や善を成してはきていない。

『万葉集』の歌人は、天皇は神であるからと、都ができた理由を讃えているのだ。今日の土木学の進歩があっても、下谷、浅草などで汚物の排泄に道がないというのはだれも納得しない。資金をかけずに成功しようとするのは、すべての不成功の根源なのだ。相当の資本をかけて、それなりの成功をもとめれば何らか得るものはあるはずだ。

元来、いま説いたような土地は、地勢が低いという理由で湿潤であるばかりでなく、それにくわえて排水方法の設計が未熟なことが問題であるが、自然から論ずれば地勢が低いのが湿潤の原因であるが、人間から論ずれば排水方法の設計の不足が原因である。

自然から論じると人間から論じるとにかかわらず、いつも湿潤であるから雨雪にあうとすぐさま汚水が氾濫し、汚物が流出する。江戸は元来が葦などの茂った沼地に人為の修治を加えることで成功しており、江戸の歴史は今日の浅草、下谷などの湿地帯を修治しなければなかったことを示しているのだ。

低い土地には溝渠《こうきょ》を掘り、その土を脇道に高く盛ることをつづければ必ず湿潤はなくなる日がくるのだ。排水の溝渠をつくれば両側の土地は雨が降っていない時は乾燥し、乾燥すれば少しぐらいの雨では氾濫することはない。

本所、深川はこの方法でほとんど成功していて、まだほとんど手のついていないのは下谷、浅草の一部だけである。溝渠ができて土地が乾燥する実例は、もともと湿潤の地である浅草新堀の両岸、下谷三味線堀の両岸などに見られ、晴れていれば思った以上に乾燥しているといわれている。もし浅草、下谷に大、小それぞれの適当な溝渠が敷設されれば、その土地が良好な状態になることは期待できる。

隅田川の下流に枕のように横たわる日本橋区の土地の乾燥を、上流の浅草の土地の湿潤とをくらべると、日本橋区は溝渠が縦横に貫通していて、浅草区にはまったくそれがないのが明らかであって、大地の状況の善悪と繁栄の差異を見るようである。私は人間の力が自然におよぼす影響が大きいことを痛感し、人為の施設の働きぶりの見事さを感じざるを得ない。もしも浅草区に日本橋区のような溝渠があれば、地勢は変化していて長く今日のような状態が続くはずがない。

江戸の初期には遊廓がいまの日本橋区内に設けられていたことからも、日本橋区が当時どのような立場であったかが推察され、やがていまの吉原に移されたことを見ても日本橋区が当時どれほど発達していたかを推量できる。くわえて江戸の北方の発達が非常に遅れていたことを考えれば、下谷、浅草の一部が自然に貧民窟となり、排水設計も一本の新堀があるだけでほとんど着手されずにきた事情も容易に推量できる。

このようにして東京都内のある一部の土地は衛生上、恐るべき状態となって現在に至っている。このような不良な状態にある土地が与える影響は決して一区、二区にとどまらず、衛生上からも都の問題としてこのような状態を絶滅し汚水排泄の方法を具備する方法を要求せざるを得ない。

都全体の外聞からしても、雨が降るたびに氾濫するような市街地があるのは不面目きわまりないことで、整備の必要は決して小さくはない。都の土地の経済上からも、都の区内に編入されている土地を良好にする方法がないわけではないのに、不良のままにしておくことは非常に愚かなことで、その必要性はきわめて大きい。衛生上はもとより外聞上および経済上の理由からもそうである。

私は必ずいつか都内の湿潤の土地に、大小の溝渠を縦横に開通させた下水排泄処理の施設が完備されなければならないと思っているのだ。さらに下水の排泄方法は徐徐にすべて暗渠方式が採用され、汚水はわれわれの眼にほとんど触れずに排除されるように望んでいる。その施設の整備が一日も早いことを祈っている。

塵芥、糞尿の排泄処理の方法も都にとっては軽視すべきではない問題で、一見非常に些細なことに思えるが、それらの排除の施設がなければ、都会の清潔と健康は保てず、すべての荘厳さも美しさも破壊され、地獄の形相が目前に展開されることになる。

支那、朝鮮などに外遊して帰ってきた人人の話を聞くかぎりでは、両国の都市はこの問題を残念にも軽んじていて、せっかくの壮麗な都会が眼を背ける不潔な町となっているという。東京はこの点では江戸から進歩してきて、衛生面からも外聞上も善美が増してきたことは疑うべきもない。

天明、寛政の頃の江戸は、繁栄していたことは想像に難くないが、その当時の著名なある文人の書などに捺印する款防印には「小便無用」の四文字と一華表が彫刻された印がしばしば押されていて、一面では印の所有者の洒落、諧謔《かいぎゃく》とも思われるが、一面では都民《みやこのたみ》が日頃、どこに放尿してもはばからないでいたかを想像して失笑せざるを得ない。

幸い明治以降は路上に放尿・脱糞するような悪習は法令が禁止することとなり、都市の面目を施したが、単に街が不潔でないだけで満足すべきではない。街や道路が清潔を保つためには、道路に面した家家に朝夕の掃除を義務づけ、馬車道は使用する馬車会社などの負担や公費で厳重に掃除させるべきである。

江戸に多いものとして「伊勢屋稲荷に狗《いぬ》の糞」といわれた俗説を繰り返させないことが必要である。そこで各家家の塵芥や糞尿も厳しく規制して、排除する設備が建設されることを望みたい。

昔は糞尿の処理が城を基本設計する際の難問題であったという。同じように糞尿の処理は現在の都でも、実は難問題である。幸いわが国の習慣では農業の重要な肥料として利用する道があるので、西洋諸国のように海に投棄する措置をとらなくてもよいのだが、これを都内から郊外へ運搬、輸送する方法、手段については学者などが提言する工夫で改良される日が早くくるように希望している。

廃棄物といっても、塵芥は糞尿よりも高価な肥料とはならないので、多少の金銭を払って排除を依頼するのが都民の常である。ところが、排除、運搬する業者が働かずに利益をあげようとして、何回も運搬しないで溜めておいて一度に運搬する計画をたてる。そこで塵芥をいつも町の片隅に山積みしておくから化学作用をおこし、蒸れて発熱し、異臭を発し悪気を放つのが裏町の常態となっている。

近年では塵芥の排除を業とする者がようやく増えてきてはいるが、彼らが利益ばかりを考えて責任を果すのに熱心でないのは、万人が認めているところで、頭を痛めているところである。糞尿は農家にはなくてはならないものだが、塵芥は排除してもらわなければならない代物であり、だれも必要としない。そのため塵芥収集を職業とする者の態度は横柄で糞尿を汲み取る者とはたいへんな差異があり、都民《みやこのたみ》が余分な悩みや怒りを感ずることも少なくない。

これらの事情は有識者に一考を願いたいところで、何かよい方法を考案してほしい。たとえば都府が自ら塵芥収集の業務を執行して、汚物はすべて敏速に排除されるようになることを、都の衛生面、外観上からも一日も早く期待したい。都の塵芥収集の道が完全に整備されてきて、さらにすべての下水溝に蓋をすれば、粗大な塵芥が下水に投入されてその流れがつまるようなことがなくなる。くわえて下水溝がつまらなくなると街や道路は常に乾燥し、たまたま路上にある塵芥も容易に排除され、下水がよく流れることと塵芥収集が行なわれることとが相まって、都内は乾燥し清潔になるのである。

理髪業者への近頃の行政指導には、非常に簡単なものであるがその効果が認められる。業者の公衆衛生への熱意が窺《うかが》われることは悦ぶべき現象である。今後は将来にわたって業界自体が、または警察の保護の下に指導の精神を守って、形式だけに流されないよう監督する道をとることが重要である。

共同浴場も衛生面から注意を払うべきである。というのも、湯が高温でない場合、また入浴者の脱衣場が清掃されていない場合には、各種の病気が伝染しやすいからである。風眼《ふうがん》という激烈な眼病や湿疹などが共同浴場から伝染することは、医学、衛生学などの知識がない者でも経験上知っている。その他の病気も共同浴場で甲から乙に伝染する場合があるのではないかと疑わしい。あの『銭湯新話《せんとうしんわ》』にあるように、上等な衣服に虱《しらみ》がつくのは共同浴場では当り前なので、衛生業務に従事する者は充分に注意して、共同浴場の各種の病気の存在や関係を調査すべきである。

欧米諸国の人はわが国のように、一ヵ月に何回も入浴することもない。都市に共同浴場のような浴場が多く存在するわけでもないので、わが国の浴場に対する学説や実験がないことは当然である。とはいっても共同浴場を衛生面から、等閑視《とうかんし》するべきではないことはだれでも知っている。欧米にわが国の浴場についての調査や研究の資料がないからといって、公衆衛生に従事する者が無関心でいることは間違っている。

私はわが国の公衆衛生に従事する者が、決して関心がなかったり、愚かではないと信じている。しかし共同浴場に何らかの説をもつ学者がいるとも、何らかの研究、調査をしている者がいるとも聞かないのはなぜだろうか。たしかに門外漢であって寡聞に属することではあるが、それであるからこそますます研究、調査の結果を早く知って、衛生上、適正と思われる措置がとられることを切望する。湯の温度の規定などは各自が体験で、適、不適を知っているので必ずしも学者の説を必要としない。

飲食物と火災

飲食物についての衛生面での行政指導は東京府でしばしば繰り返されているとおりである。これは都会にかぎられた問題ではないのだが、都会にはとくに飲食物の製造業者や飲食店の経営者が多いので、自分たちからすすんで詳細に監督をする法律や厳重な罰則をもとめることは当然である。しかし、これらの点については専門家の智識をまつこととして、部外者が口出しすることは無益なので多くは語らない。

火災は都会にとってはじつに恐るべき災害である。眼のくらむような富を一晩で無にして人心の安寧をそこない、社会の活気を奪うなど、その影響は大きくて計り知れないものがある。これに対して防火の方法には昔からの智識を積み上げ、工夫を尽した結果、耐火物質で建物を覆わなければならないと規定し、都内の各所にこれを施行して、防火遮断帯となる広い道路を建設した。また蒸気ポンプなどの機械を導入し、消防隊の制度を確立して緊急時に即応させた。さらに非常時のための報知機を完備させ、各区があらゆる場面に対応できる道をつくるなど、ほとんど緻密で洩れのない計画を作るようになっている。

こうなればさすがに火災も猛威をふるうことができず、幸い東京は近年大火災を出さないようになった。また警察官をはじめ兵士なども場合によっては救護、火の鎮圧に加わるわけである。

したがって火災を恐れることは昔からいわれる杞憂となって無用の思い過ごしにすぎなくなった。くわえて水道が遠からず整備されれば、火災はますます恐れるにたらなくなるはずである。

しかし火災防備の方法は以上のように完備されたというものの、大火災の惨状は防げても、小さな火災の被害は防ぐことはできない。

それぞれの施設もすべて火が燃えはじめてから消火する方法であり、未然に防火する道ではない。防火体制が今日では整備されているので、未然に防げなくても都市にとっては大損害にならないようである。ひとたび出火しても消火して大火事にしないのも、もとは不可効力とはいえ、できるかぎり未然に防火することが大切である。出火を未然に防ぐ方法はなく、いまのところどのような知恵者がいても家家に自動消火装置を設置することはできない。町の巡回を密にして偶然の過失や故意の放火をその初期に発見し、消火することとである。

日常の慣習として家家が資金を醵出《きょしゅつ》していわゆる「夜番《よばん》」を置き、町内に住んでいる「鳶《とび》」に頼んで夜警をするのは東京の冬の習慣である。これを拡大して一つの制度とし、鳶にかぎらず町に居住して夜警のできる人を選び、仮に準巡査というような資格を与え町に専属して防火を専門にし防犯などもさせる。家家の醵出金で俸給を出し、さらに合意のうえで各種の便宜と利益を与え、緊急時には警察官の指揮の下に入るようにすればその役割は少なくない。

というのも、いわゆる鳶はもともとは消防夫で、居住する町のために放火や盗みをする者、脅迫したり詐欺をしたりする者を排斥し、祭礼では神輿の警護などを主にやってきたのである。

その町の家家からそれ相当の報酬ともいうべき金銭をうけ、衣服なども与えられてきた。

これは「町内の鳶」という語の淵源《えんげん》で、任侠《にんきょう》や義《ぎ》に勇む気風は、昔の江戸っ子が自慢して、江戸っ子の中の江戸っ子とするところであった。ところが時がたって、その弊害だけがばっこし役割は形式となってしまい、いわゆる町内の鳶は家家に強制的に課税するような状態となり、金品を受け取るだけとなった。すすんで溢れるほどの人情に動かされて町内の家家のために働くというのではなく、家家もまた自分の町内の鳶を愛さなくなって双方の間は隔たってしまい、本来からの関係を理解する者も少なくなった。

しかしながら形式とはいえ鳶は存在するのだから、完全に無視することはできず、「火の番」が必要となる季節になればいまでも夜警の仕事は、これまで同様鳶に任されている。であるなら、昔の町内の番小屋で守る「番太郎」のことはともかく、町内の鳶を一歩すすめて、これに誇りのもてそうな名称をつけて仕事をその名称にあわせさせ、各町内に専属し防火、防犯などを任せ、監督は警察の下におけば、家家はそれほどの出費をせずとも気のきく使用人を雇ったように利益を享けるであろう。

警察、公園

もともと警察官はその任務の性質からして国民に敬愛されなければならず、住民もまた十二分に敬愛しなければならないのに、残念なことに明治初期の警察官の態度は住民から敬愛されず、国民も同様に警察官の職務が多難で苦しいことが多いと理解しなかったために、相互の間に親和感や敬愛の情を大きく欠き、事務を円滑に迅速にすすめる働きがなくなり残念に思ってきた。

ところが最近になって、国民が警察官も敬愛するべきだと分かり、警察官は敬愛されるような態度をとるようになり、国民が信頼する心が厚くなってきて、わが国の警察が国民に平穏、安寧を与える能力は増大してきているが、これらはすべて相互の感情のなせるところである。

いま仮に準警察官というものがいて、その職は官から与えられ給料は国民から支給されるような半官半民で、地元に専属しているとすれば、相互の感情が親和することはもちろんで、感情のもたらす働きは準警察官にも機敏な動作を起させ職務に真剣にとりくむ精神を鼓舞してあまりあるようになる。彼らが職務に忠実か否かはだれもが監視できる厳しい監督の下で糺《ただ》されているので、職務に従わざるを得ないのだ。

このようになれば国民は悦んで醵金《きょきん》し、自分の平和や安全を買うのに瑣細《ささい》な元手を嫌がる人がいるだろうか。

強盗などは電信、電話などで迅速に通報できる機械を利用することで見事に防犯できるようになった。これは都府にとって大いに悦ぶべきことで、非常線が敏速に周密に網羅されればこれを逃れることは空を飛んだり地に潜ったりできない以上は至難の業となり、強盗は都府の中心部には稀となったのである。しかし、これに反比例して窃盗、すり、誘拐、詐欺の数は、繁華で人家が稠密しているところに多くなった。そこで防犯対策も都府として特別に講じられるべきである。

盗犯罪には三つの対策がある。盗犯を防ぎ、捕え、そして根絶である。この三対策が採用されなければ、効果が少ないといえる。さらにここで対策を述べても採用されなければ空言となるので論じないが、前述した防火の項で述べた準警察官の設置策を防犯策とするべきである。

公園の効用

公園は都会の肺である。空気を呼吸する機能が肺にあり人身に重要なように、澱んだ空気を新鮮にする公園の不可思議な作用が都会に対して必要なことはいうまでもない。

本来、都会は繁華すればするほど自然状態から遠ざかっていくものである。そこでは住民を複雑な人間組織に縛りつけ、もともともっていた元気を消耗させている。また大気汚染物質が空気の混濁を激しくして清純な自然とはほど遠い世界をつくり出し、それで生きている人間を疲弊させているのである。

そのような時に、樹木が生い茂り、草花が繁茂している緑地が市中に存在することは、大気汚染物質などから救い、精神の鬱積《うっせき》を癒《いや》し、空気の代謝をはかり元気を回復させその効用は計り知れない。公園は必要に応じて都会に設置されるべきである。

都会が大きくなり賑やかになるにしたがって、公園の数も増やしてその設計も美しく整備され改良されていくことがもとめられる。都会を長期にわたって老朽化させないで、常に清新な状態を保って活発に機能させせようとすれば、その必要なことすべてが備わっている完全な公園を数多く建設することだ。草木や草花が空気におよぼす不可思議な作用が生かされていて、遊器具が設置されていて都府民を楽しくさせる。そしてしばらくは世間の複雑な拘束から脱却して、自然の内懐《ふところ》で精神をのんびりとさせ和《なご》やかにできるようにすべきである。

東京の北部には幸い上野の大公園があり、東京全体に大きな影響を与えているが、北部に偏在しているので残念である。芝公園は上野公園に次ぐ公園であるが、残念なことに陰鬱《いんうつ》で遊びには適していない。公園内に人家が多くあるのと旧来の寺院などが多すぎるので、住民がこの公園を有用しようとする心を減殺している。

しかしながら上野公園といい芝公園といい、この二公園は充分に東京の公園というにふさわしい資格や内容をもつものである。今後これにふさわしい管理や施設を加えていけば、それぞれ東京の南部と北部で都民《みやこのたみ》の精神の洗濯場となり、市街地の空気の転換場となって、東京に新鮮な空気を潤沢に送ることになる。

ただこの二公園をのぞいては、東京の公園というべきものはほとんどなく、まことに残念といわざるを得ない。都内、十五区の土地の広さ、百余万人の多さでなぜたかだか二公園で足りるというのか。

浅草寺の寺内、靖国神社の社内の面積はないよりはましという程度で、公園としては満足からはほど遠い。東京都は東部に一ヵ所、西部に一ヵ所、中部に一ヵ所の公園を配置するべきであり、現状でよいわけがない。都内の住民が仕事の余暇に公園内を散策し、疲れを癒し気を養うようにするべきである。

少しの時間と金銭があればすぐに飲食店に走って食欲を満たし、小部屋に籠って花札などで遊び、娼妓と猥談して悦ぶような悪い習慣は、数数の原因から発生するのであるからいた仕方ない。しかし屋外に適当に疲れを癒し気を養う場所がなく、鬱屈し元気を発散する場所がないことから、放埒にそして淫らな気分になってうっぷんを少しでも発散する必要があることも、その有力な原因の一つであることは疑いない。そこで公園をあちこちに設置してこの原因を除き、代わりに公園内で遊戯できて散策し健康で穏やかな習慣を身につけられるようにすれば、道徳、衛生、経済の面からも万利あって一害なしの計画といえる。

郊外に居住し自然を身近に生活している住民は、放っておいても自分で屋外にでて清潔な空気と新鮮な太陽光を浴びる機会がある。しかし繁華街に暮らす住民は前後、左右が家屋で囲まれ、数間しかない庭も有力者でなければ所有できない状況にあるので、前述のような空気、日光を浴びる機会は大雪の翌朝の快晴を除いてはほとんどないといってもよい。このような住民が空気と太陽の不可思議な効用を味わい、公園を散策して疲れを癒し英気を養うことが最も経済的、衛生的さらに道徳的であると自覚すれば、公園が都会の保有すべき必須の施設であると理解できる。

ところが都内十五区の広さと百万余の人人にくらべて公園の数が極端に少なく、休日や祭日もしくは春季、秋季の花卉《かき》などの鑑賞会で都民《みやこのたみ》が興味をもつ季節以外は、公園が遠いのを理由に散策する機会が少ないのは仕方のないことである。そうでなくてさえ寒冷国でもないのに、家の内にすすんで籠るのを悦ぶ傾向があるわが国民は、もともと運動には不適当な着物を着ているので長距離を歩いて公園を散策する習慣はなかった。であれば、公園を増設して各区の住民が長い距離を歩かなくてもよいようにし、自分の家の庭を気軽に散策するかのようにできればよい。

このように公園を増設して公園の大切な要素である常緑樹や花木を植えれば、春秋は遊覧の地、夏季は納涼の所となっていつも住民の安息、慰安の温床である喜見城《きけんじょう》となって、都会の塵埃《じんあい》にまみれた不潔な空気を浄化し、非常事態においては多方面から利用される便利な空間になることに相違ない。

都民はまだ適当な公園を与えられた歴史がないのと、運動や歩行に不便な着物を着ているためか、室内に籠るのが好きな性質がある。地方から都に出てきた人も、少しいるとその習慣に陥り籠ることを好むようになる。そしてあたかもかまどの傍の老いた猫、冬の日の蛇のようになるのは、行動も活発で体軀もしっかりした欧米人が戸外を好むこととくらべて恥ずかしいことである。

このような住民の悪習慣は、繁栄すればするほど自然環境から遠ざかっていく都会の皮肉な実状である。これを調整していくためにも公園制度を整備して、都民《みやこのたみ》が一日も早く戸外の散策が好きになる良い習慣を身につけられるように変えていくべきである。昔から散策を「犬川」といって卑しむむきもあるが、これは大きなまちがいであり、「犬川」にくらべて「かまど猫」、「穴蛇」は何倍も卑しく不快か分からない。

散策を好もうと籠りを好もうと個人の自由であって、住民の好みに任せればよいのだが、仔細に観察すると、初めの差は小さくても、先にゆくと千里にもなるのである。

私は都会は必ず住民が散策が好きになるような施設を備えるべきだと思う。というのも、戸外にでて散策するのを悦ぶのと室内に籠るのを愛するのとは、陽性と陰性の差である。新鮮な空気、太陽光に接して自然に近づくのと、新鮮な空気、太陽光に接せず自然から遠ざかることの差がある。体を解放して心を休ませ無用な欲望を放散するのと、体をそのままにして心を働かせ、無用な欲望を起す傾向との差がある。心を切り替え転じて脳を清新にすることと、心を切り替えず脳を疲れさせることの差であり、その結果は安眠と悪夢のちがいとなってでてくる。粗食を美味とするのと珍膳を粗食とすることの差がある。

足ることを知らせることと病を自覚させることの差がある。次の働きに耐える準備をすることと働きを嫌うこととの差がある。一方は弊害が少ないが、一方は弊害が大きい。女をはべらせ酒を飲み花札をもてあそぶのも、凡人閑居《ぼんじんかんきょ》してという諺どおりのところから生ずるものである。

すべて犯罪などが生じやすいのは眼の前に遮蔽物《しゃへいぶつ》があるからで、遮蔽物がなければ悪事は成り立ちにくいのが普通である。そのことからすると広広とした戸外は室内にくらべて衛生、道徳の面からも人間の健康を保つようである。

以上申し述べたところはだれでも少し考えれば納得できることなので、公平な人は都民を「かまど猫」、「穴蛇」の古めかしい習慣から脱させ、戸外の散策を好むようにさせることを深く認識するであろう。そのためにも公園は増設すべきであり、完備しなければならない。

とはいえ、都民の習慣が今日のように散策を好まずに籠りを好んでいれば、百の公園があってもほとんど無用の空地である。公園は必ず公園として住民より愛されて利用されなければならない。公園の本旨は都民の共同の庭園たるところにある。すなわち公園は都民の庭園となるべきだ。でなければ公園は公園としての実体がなくなる。

したがって、公園は慣習からして神聖犯すべからざる存在というよりは、親しまれる存在であるべきだ。ひとことでいえば、人のいないがらんとした蕭然《しょうぜん》よりは人が伸びをしているような藹然《あいぜん》であるべきだ。立派な人格者が大声で詩歌を唱えるのではなく、子どもが楽しむ場所である。

それゆえに、公園はいやしくも公園として都会人を楽しませる風致《ふうち》を傷つけ、清潔さを失い平和を害するよりは、児童を楽しませ、老人を慰め働き盛りの人人を悦しませる各種の仮設小屋を許可して、多くの都民を公園内に招き入れることを目的とするべきである。

ただし公園内に多くの小屋が建ち、住民の住居があることなどは好ましいことではないので許可すべきではない。けれども見苦しくない天幕などを張り簡素な技芸を興行することなどは、毎日午後何時までに引払うことを条件に許可するべきである。

これは公園と都民《みやこのたみ》を密接につなげることとなり、都民が戸外の散策を愛するようにしむけられるよい手段となるであろう。浅草公園に風致がなく大きな樹が少なく眺望する景色がないといっても四六時中人が絶えないのは、老人、幼児の娯楽の種があるからである。上野、芝その他の公園のことごとくが浅草公園のように騒騒しいことを望むのではないが、いまの上野公園はあまりに神聖犯すべからざるように見え、光景が粛然としていて高潔な人が独吟する地であるように見えるのは、美しくはあっても公園の本旨に多少あっていない。少しは子どもや老人が楽しめる遊器具を備えることを望むものである。

動物園、博物館、図書館はみんな公園にふさわしいことは分かるが、くわえて瀟洒《しょうしゃ》な天幕張りの小屋が樹樹や草花の間に見えて、あちこちに子どもを悦ばす玩具を売っていたり、少女の足を止める音楽が奏でられていることなどは各園に特に望むことである。このように老人から幼児までが楽しめるような出し物が仮設小屋で許されるだけでなく、酒店を除いて茶店、珈琲店など公園内に不潔なゴミを残留する虞《おそ》れのない簡単な飲食店の仮設もすべて許されれば、住民は公園を愛し利用するようになるであろう。

金持ちが自宅の庭を散策して気を養い憂を発散するように、庭も園もなくわずかに軒端《のきば》の釣《つ》り忍《しの》ぶに眼をやるだけの市井の男子も女子も、公園にゆけば緑の樹樹や噴水の間を散策し、夫婦、親子、兄弟、叔姪《しゅくてつ》が悦びあって遊戯の幸福にあずかれる。

公園をとおして都内の人人が善の導きで幸福を受けられるようになれば、必ず現在は通弊である戸主が独りだけ楽しむ習慣がなくなり、飲酒し芸妓をあげて花札をするなどの悪習もなくなるもとだと信じている。

水と欲とは塞《ふさ》がずに善導して弊害をなくしていくのは、秀れた政治家の行なう政治といえる。東京にある一機関として、公園の建設物として、また精神的にも不思議な営みの作用を充分に発揮させることを強く希望するところである。

神社は都内にたいへん多くあるが、大概が景勝地にありそれなりの面積を占めている。民間信仰の小さな祠《ほこら》でなければ、国家が尊崇する場所であるから、何の神であるかにかかわらず軽んじられるべきでないことはいうまでもない。ところが最近は神社の境内が清浄ではなく、尊厳を冒瀆する有様を眼にすることが少なくない。これは悲しむべきことには違いなく、注意すべきことである。すなわち神社の境内のことは神主もしくは属する神道の事務局の管轄である。しかしながら神が汚されていたり神社内がそれにふさわしくない状態である時は、都は神社が都内に存在するのであるから、処置できないまでも論議ぐらいはすべきである。

いわゆる神は崇敬、礼賛の対象であるから神なのであって、その対象とならないのであれば人が神を無視しているというべきである。神社内が清浄でなくなるというのは神主、社務所がまず神を無視していると思われる。そうなればおそらく将来は強硬な意見が出て、神社を駆逐し没収する発言をする理由とするであろう。神社が都内のあちらこちらに点在し、景勝の地に広い面積を占領していれば、都府の経済にとって不利になるからである。われわれの杞憂で終れば悦ばしいが、私の予想する憂いが現実の憂いとしてあらわれる日があることを恐れているのだ。

神社はその性質からして必ず森厳、神聖を保つべきで、決して狎《な》れがあってはならない。あくまで神聖犯すべからざるものとして、すべてに優先して存在するべきである。そうでなければ神社を、普通の建築物を見るのと同じに見るようになり、住民は少しも敬虔《けいけん》の念をもたず、国家が神を祭り、饗応《きょうおう》することも無用の形式に留まり効果がないにひとしくなる。

それなのに普通の人の住居といえども他人の出入りを禁じ、庭を掃清する習慣があるのに、神社の境内で飲食店などの設置や瓶詰めの銘酒の販売を許可し、神社の前後の土地を汚し、平日でも子守の女や不就学児童などの集会所となっている。私がいう、「悪魔の幼稚園」の開設地となるのを神主、社務所などが黙認していることなどは、江戸以来の習慣とはいえまったく不法、失態といえる。

われわれでさえも自分の屋敷内に無用の人間が出入りしたり、飲食店を設置して酒類を売るような者がいるのを見れば、猛然と怒って退去を命じる。その家の召使いなどは主人の命令がなくても自分の職務として、家の体面のためにその人間を追い出すべきなのである。

神社の境内はたとえていえばわれわれの屋敷内のようなもので、神主や社務所は召使いのような存在なのだから、神主、社務所は召使いが主人の家に尽すように、神社に充分に職務を果すべきである。

神が叱ったりしないからといって、その責務に忠実でなくてよいことにはならない。神主、社務所などの神社に奉仕する者は、神社内を清潔に整理して保つことはもちろん、森厳、神聖を傷つけるような事態は全力を尽して排除すべきである。

ところが江戸以来の習慣はこれに反して、神主、社務所などがすることはあたかも忠義を欠いた使用人が、主人の庭園を利用して自分たちの所有地のようにするのと同じで、神社境内の土地は当然自分たちが左右すべきものであるかのように考えている。そこで、神社境内に数数の事情が生じていて神の権威を冒瀆し、霊前を汚辱するような状態になっているのに詰問し引責を迫ろうとはしない。それればかりか逆に境内に神社の尊厳を傷つける事情があるのに、それを神社の威厳や徳力を証明するものとして喜ぶような有様さえ見えるのは奇奇怪怪なことである。

神社の改革案

このようなことになるのは神主、社務所などの多くが学問も知識もなく神に仕える道も教えられず、仏教の僧や尼僧の所作にならって何も分からずにいたずらに神前に足を運ぶだけの信者が多いことを望むことから生じた過ちである。

神社本来のあり方を考えて急ぎ改めるべきである。いまこそ急いで江戸以来の古い態度を改め、神社が森厳《しんげん》で神聖犯すべからざる存在であると明示しなければならない。そうでなければ霜が降ればすぐに氷の冬になるという諺のようになり、住民が神社を一般の建築物のように見るようになる。また神主、社務所が私有する無用の長物の建物となり、ついに都の経済にとって不利になるということでこれらを郊外に移すべきという議論が起ることになる日が必ずくるといわざるを得ない。これは恐るべき趨勢ではないだろうか。

神社の祭典や儀式で慣例となっている、ある種類の品物を売る天幕張り同様の小さな店などが一時的に社内にあることはそれほど厳しく議論すべきでもない。これらの店が物を売るのは短い時間であり、また売る品物がいちじるしく神社の神聖を傷つけるものでなければ、否定すべきでもないので慣例であれば許すとしても、公園に許されない茶店や小さな飲食店などは神社境内に決して許してはならない。神社に詣でる人の休憩のために場所を提供するとすれば、茶店などは社外の地、門前か門後に設けるべきである。

決して神社の社殿前、いわゆる「広前《ひろまえ》」を汚させてはならない。皇族でさえも下乗《げじょう》しなければならない神殿の前で、住民が座蒲団を敷いて団子を横ぐわえしている無礼を見逃しているなどは、どのような理由があっても神社に奉仕する者には決して弁護できない所業《しょぎょう》である。それどころか瓶詰の酒類などを売ってその場所で飲ませる店を許すようなことは、言葉にするまでもない禍事《まがごと》としないでどうするのか。

私は都内の各神社の神官、社司などが奉仕する神社の森厳、神聖を保つために早急に境内を整頓し、神社地内の状態を伊勢神宮の清潔で乾浄な様式とし、常緑《ときわ》の樹蔭が永遠に神の権威、霊の威容を失墜しないことを強く希望するのである。

社殿が壮大で境内の空地も非常に多く、飲食店や休憩所などを一掃すればたいへん広いゆえに、清潔、乾浄を保つためには多くの経費を必要とする。さらにこれらを一掃すれば当然のこととして住民が訪れる要因がなくなるので、神社の収入が減少するなどの事情が生じる。そうなると神社の森厳、気高さを増そうとした結果、経済的に神社に不利となるかもしれない。このような場合はあることを改革し更新しようとすればよく遭遇することであり、やむを得ないことでもある。

とはいっても、改めるべきは改めてその後に、結果として生じた欠陥を償う道をもとめるべきである。神社の境内がたいへん広く経費が多くかかり、維持するのに難しい場合はどう対処するのか。神社の境内がたいへん広ければ神社の体面、美観を損なわず尊厳を傷つけないかぎりは、社内の空地を区切って神社付属の幼稚園を設置して純粋な幼児に無邪気な遊戯をさせ、保母に善を好む保育をさせ、父兄から貧富に応じた随意の献金を神前にもとめ神恩に報いさせる。神意は計りがたいが、どの神も人の子どもが悪に堕ちず善の道にすすむことを悦ぶにちがいないのだ。「氏神」と頼み、「氏子」となり関係も浅くなければ、神園に純粋な幼児を託しても神は厭《いと》わしいとは思われないであろう。

　このような関係になれば神と人の間も疎かではなくなり、心ない人も神徳の高いことを思うようになり、いわゆる「神道」も真の活動の端緒《たんちょ》を与えられたことになる。

　私は着眼点が鋭く智識があって神社に奉仕する人が、一方では現在の教育機関の欠陥を救い、一方では神道の教義の実現を試みるために、神社の空地を利用し幼稚園を設立してその好結果を公にすることをすすめる。そうなれば日本中からこれに学ぶ人が続出してそれが広がって、十年も経たないうちに社会現象となり好ましい大変動となると予想している。

寺院、墓地、市場

　昔は僧侶が幼児に学問を教え、これが「寺子屋」という名称のはじまりとなった。いわゆる寺子屋が人人の精神に与えた影響、仏教に与えた影響、功績が大きいか小さいかは語るまでもないことである。ぜひとも先が読める行動的な神道関係者が悟って決断し、立ち上がって行動に出ることを期待せざるを得ない。

　私は寂滅、為楽を本旨とする僧侶に幼稚園を設立することを勧めようとは思わない。本当に国家に功労があるといわれた人が、神として祭祀されることを認める日本の宏大な神道の教えを信じる人に、純粋で将来には神になるが現在は神の子である幼児を善に導く幼稚園の主人としての名誉を贈ろうと願うのである。言葉は私にあって、意志は神にある、間違っても神社のために利益をもたらそうとしていると誤解しないでほしい。

寺院については語ることはしない。ただ都内の寺院の数が非常に多くて繁華街に点在していることは、都にとって利益をもたらさない。できれば代替地を与えて外部へ移転させたほうがよい。ところが昔は現在のように都内で土葬が禁止されていなかったので、寺院の移転を迫るようなことは無理で積極的に行なうような状況ではなかった。

ただし昔でも寺院の移転がまったくなかったわけではなく、例をもとめるとすれば困難ではない。このような事情からすれば、市中の寺院が移転を望んで、檀徒もすべて承諾したならば、郊外への移転も許すべきである。もともと繁華街には寺院が存在することはなかったのだけれども、都の状況が次第に変化してきて寺院付近が繁華になってくれば、寺院の所在が一つの問題となる日がくるであろう。私は都の中心部が移動していくことによって、このような難問題が起きる日がこないことを望みたい。

寺院に接属しているかあるいはしていなくとも、都内に散在する墓地が、その都心部が大きく激しく移動する時代には問題になる日がくるであろう。私はこれらの問題が提起されないことを希望してやまない。そこで都の中心部が大きく移動しないことを望み、もしも大きく移動するような有力な新設計には、十二分に慎重な態度をとって調査することが必要だと思う。

墓地はみだりに拡大するべきではない。既に青山、谷中などの広い敷地を有しながら、なお周囲を蚕食しようとする勢力がある。このように墳墓の土地が狭くないようにと思う人情のままに、墓地の区域を広げていけば、墓に囲まれた都市になるであろう。

こんなことは杞憂にすぎないのはいうまでもないが、いまからあらかじめ配慮しておかなければならないことである。わずかに明治は三十二年であるが、谷中、青山といいすでに前述のとおりで、これから歳月がたつにしたがってどうなるのか予測がつかない。そこで規定をつくり、墓地は都の境界線にそった拡張を許可せず、中心から直線で放射状に外にむかう延長は許可し、だんだん都から遠ざかりつつ伸長していくようにするべきである。墓地が都を囲むようになるのは絶対に好ましくない。

魚市場、野菜市場その他の市場についてもいうことは少ない。これらの現存する市場以外に市場を新設したい者がいる場合には、慎重に調査し、同業者に対する影響、近接地に対する影響を充分に斟酌し、都全体からの配置を計算して許可、不許可を決定する必要がある。

日本橋魚市場は慶長時代に森九右衛門が小田原町売場を開設してから、元和《げんな》時代には大和屋助五郎が本船町を開いて徐徐に繁栄し、本船町横店や安針町なども市場の域内に入り、延宝時代になって本材木町も市場を開くようになり、各種の制度が備わって今日に至っている。その間に文化時代には飯倉五町目に魚市場を設けた者がいたが、禁止されている。

金杉《かなすぎ》魚市場、高橋《たかばし》魚市場、花川戸《はなかわど》魚市場、大根河岸《だいこんがし》野菜市場、多町野菜市場、下谷金杉野菜市場、千住野菜市場、浜町野菜市場、中ノ郷野菜市場など大小や新旧の差はあっても、それぞれの歴史がある。その歴史を探求すれば有益な数数の事実が発見され、都市の状態を議論しようとする者にとっては注目せざるを得ないことはもちろんである。

私は残念ながらこの問題には、魚市場について多少の智識があるだけなので詳述するべくもない。あえていえば、市場は数多く開設されるべきではなく、その規律は厳正であって寛大であってはならない。衛生、美観の面から良好であり、特に魚、野菜市場の廃棄物は適切な方法で毎日手ぎわよく処理される必要があると思う。

劇場

劇場は都会の花である。都会だけで完全に発育し成長するもので、決して辺ぴな山村に適しているわけではない。であるから、いつの時代もどこの国でも、都会の住民が愛好し尊重し、時代の太平《たいへい》を飾り文明を表現し、趣味を鼓吹《こすい》し芸術を高揚《こうよう》させることは当然であり、華華しさや精粋さを歓迎するのは人情からしても当然のことである。すなわち劇場が都会をもとめるように、都会も劇場をもとめるのである。都会がなければ劇場は成り立たず、劇場がなければ都会も整備されたとはいえない。

女性の指から指環を奪えないように、いかにしても劇場は都会から奪い取れない要件である。人間の本来の性根からしても劇場が必要であることの理由はともかく、都会に生活する人間が、苦労を慰めるために精神を伸伸とさせ気を養う快感を味わおうとして娯楽を提供する劇場の存在を要求するのは至当である。このような事実はだれでも認めるところであるから、劇場が都会に必要であることを特に論ずる必要もない。ここで劇場について述べるのも、劇場が都会に必要であるということではなく、その構造、品格、舞台で演じられる劇の性質などの点についてである。

劇場の立地は建てようと企画する人の選択に任せるべきで、干渉するのはかえって無益であり徒労である。なぜなら劇場を建設する発起人は必ず都民《みやこのたみ》にとって最も便利な土地を選ぶことを検討しなければならないからである。そこで劇場の立地などについては議論は不要であるが、構造については専門家が見て危険でないというものでなければならない。

舞台の広さと各種の装置と観客の入場員数とにてらして、平時あるいは強雨、大雪、烈風、地震などに耐えられるだけの設計の構造でなければ、万一の被害は想像を絶することになる。特に内部からか外部からかを問わず、出火する火災に対する防火や応急の際の設計は完備されていなければならない。

これらの対策がとられていなければ、劇場は大きければ大きいなりに危険の多い場所になる。したがって劇場の構造についての検査は、不測の時に活かされない死文となっている法規に任せるのではなしに、実際に学問の力を生かし、批評の能力のある専門家たちにあらゆる角度からの検討をしてもらうことは当然のことである。都は通常都内に住む専門家を何人か指定しておき、劇場を新設しようとする時は設計や施工を監督するように委嘱すべきである。

劇場の構造、品格、演劇の内容

昔から劇場の構造に欠陥があることによる、惨禍が生じなかったからといって、検査を死文となった法規に委任しようとすることは間違っている。外国の都にくらべ、わが国の都の劇場の構造は特に堅牢でなければならない。それはわが国は風、火、雨、雪以外に怖るべき地震が多い国であるからである。

劇場はもちろんのこと大規模建築物の構造は検査を必要とすることは当然であるが、劇場については特に倒壊しにくい状態を必要とするが、できるだけ柱の数を減らし、さらに営利事業であるから資本の投入も節約して建設しようとする傾向があるので、その検査には十二分の注意があってしかるべきである。

劇場の品格は劣悪であってはならない。小規模であることと品格の劣悪なこととは別であり、たとえ小劇場であっても品格が劣悪であってはならない。私がいわゆる劇場の品格が劣悪だといっているのは、演劇以外の事情で客の気を惹こうと企画する劇場の運営をいうのだ。

たとえばある一部の商業者に媚びて互いに利用しあい、その業者が集団で客となったり、また社会のある方面に権力を有する人に媚びて力を借り観客を集めたりすることだ。演劇中の主人公の扮装のままで俳優が観客の眼前に出て、世間の好奇心をあおり喝采を博《はく》そうとする。珍しい玩具《がんぐ》や製造機械などで人目を惹き驚かす品物を劇場内に置いて客を誘う手段にする。はなはだしいのは観客の履物を洗うことで感謝の意を表し、憐愍《れんびん》の情をあおり来場を促そうとするようなことである。これらの演劇以外の事情で客をよぼうとする計画や行為は、すべて劇場の品格を下げることになる。このようなことは劇場の真の価値を理解することもなく自分から卑しくするものである。

このように劇場の品格を落とす行為は、劇場間の規約などで厳禁し、体面を保ち社会における劇場の地位を落とさないように努めるべきである。そもそもわが国の首都の劇場が品格において劣悪であるとすれば、首都の状況もはなはだ悲しむべきものといえる。

大都会だけが劇場を素晴らしく発展させ、順調に成長させることができるにもかかわらず、その品格が劣悪とするならば罪は劇場に帰すべきではない。すなわち大都会の住民が劣悪ということである。

劇場で演じられる演目の内容の善悪は、大都会の男女の感覚、趣味の優美さ、醜悪さ、高尚さ、下劣さと密接した関係にある。演劇の内容が善いということは、大都会の男女の感覚、趣味の優美さや高尚さを表現する。内容が悪いということは男女の感覚が醜悪であり趣味が下劣であることを表現しているようなものである。この関係はこれに留まらず、演劇の内容が善であることはやがて大都会の男女の感情や趣味を優美で高尚なものに育てるようになる。逆に悪いものは感情や趣味を誘導して醜悪で下劣にする。そこで観客と演劇とは互いに表裏となって、互いに因果関係になることは有識者でなくとも承知している。

であるから都会の無形の状態すなわち雰囲気を良好にしようとすれば、行なうべきことはすこぶる多いのである。なかでも都会の男女が最大の娯楽とする劇場で演じられる演目の内容を善にすることは、たいへん重要なことの一つとして受け止めなければならないことはもちろんである。いま詩の聖人があらわれたら、推こうの筆を擱《お》き、劇をよくしてくれることを願わねばならない。それほど劇の内容は善いものでなければならない。

私が劇の内容が善であるべきといっているのは、劇の脚色を通じて人が善を行ない悪をしないように悟らせるに足るべきものであるといっているのではない。私がいうのは劇として純粋であることとである。猥褻だったり、残忍だったり、世間の事実をその通りに演じて観客の感情を刺激したり、審美上の評価のない、道徳もしくは宗教、政治、農工業などのある目的の手段とされるなどの劇は内容は悪いといえる。だいたい以上の悪い内容ではない劇が私が内容の善と認めるものである。

劇はただ人人の趣味を高尚にすればよいのであって、道義心を左右することを目的とするのではない。したがって、劇が勧善懲悪を主題とするということで内容を善としたり、そうでないからといって悪とするようなことは、決して私の是認するところではない。意識するしないにかかわらず、男女の淫らさや欲望を教示する傾向のある劇は、内容が悪として断固として排斥すべきである。劇の内容はあくまでも悪であってはならない。

とはいっても、劇の内容の善悪を判断して、一般住民に観せるべきかどうかを分けて決めることはきわめて難しいのだ。どうすればよいか。よくいわれるようなことだが、機《はた》を織ることは女に聞けというように、劇場の構造の善し悪しは工学の専門家に聞き、演劇の善悪は文学の専門家に聞くべきである。かぎられた少数の当局者が法令にもとづいて演劇の許否を決めるような状態よりは、批評の能力があり専門の智識のある文学の専門家にあらゆる角度からの監査を依頼すればなんら問題がない。

文学の専門家も悦んでこの委頼に応えるべきである。こうすればたとえ積極的に内容が善い劇だけを興行させる効果を見ることはないにしても、消極的に悪い内容の劇を駆逐する効果を生じることにはなる。これは演劇の本当の道が盛んになることを促すだけでなく、都民《みやこのたみ》の趣味、感覚を高尚、優美にする道である。

劇を軽視してはならない。劇は実のところ都会の花である。花は土壌の肥えているいないに応じ、劇は都の善悪をあらわすものだ。

「寄席」「興行もの」などは多くの雑駁な要素を含有してできているのでいちがいには論じられない。もともと低級な娯楽を住民に提供するのであるから、残酷、猥褻などを演じないかぎりは制約しなくてよい。ただし残酷さや猥褻さを演じ、迷信や恐怖を与えるような演目は厳禁するべきである。寄席などの建物が危険であってはならないことは劇場と同様である。

遊び人と壮士

「遊び人」は江戸の遺物で、「壮士」は明治の産物であるが、いずれも都民にとってとても感謝に価すべきものではない。このような無職の人間といえども既に都民である以上は虐待し冷たく処遇するわけにもいかない。しかしこのような人間が多くなることは都府にとってたいへんに憂慮すべきことであり、逆にいなくなれば都府にとって悦ばしいことであるから、何らかの方法でいなくなることを達成すべきである。

いわゆる遊び人は世間の同情や歓心をひくことで、営業している住民からほとんど課税と同様の力で金銭を徴収している。だが一般の良民にはさほど関係がなく、遊び人にまとわりつかれて多少の苦痛を感じる者はどこかに弱点をもっている者なので、遊び人の行為が社会の一種の制約のように思われて、世間も強くは憎悪しない。

壮士は普段は良民に何らの迷惑を与えていないが、ひとたび各種の議員選挙が行なわれる場合には数数の影響を良民に与える。それによって弱気な良民が選挙権を行使できず、棄権するのが智《かしこ》いと思うような風潮をつくりだし、そうではなくても政治にあまり要望を強くもたない商工業者を、ますます政治から隔離して甘やかしている事実がある。

遊び人や壮士の存在から生じる以上の事実は、だれもが承知していることである。このような事実があるということで、遊び人や定職をもたず政治活動に奔走する壮士を虐待、冷遇して都外への退去を命ずるなどということは行なうべきでない。

脅喝やその他の犯罪を犯した者に対して都外への退去命令を出すことは当然であるが、ただ無職の住民というだけで都外へ放逐しようとすることは不法であることはもちろんである。しかし無職の者が職をもつ住民に間接の負担を強要し、厄介をかけてきていたということは分かりやすい犯罪である。それからの更生のために無職の住民に職をもつようにもとめ、相応の職業につけるような方針を立てることは、必要で善良な方策である。

ただし一人一人に職業をもたせることは、到底人力のおよぶところではない。特に遊び人や壮士だけを立ち入って保護する理由もないので、住民に無職を解消する環境をつくり、自分で職業を選択して従事できるようにすればよい。

いまもし宋代に王安石が唱えた十戸を隣保して守備させる保甲《ほこう》の制度のような制度を定めて、たとえば十戸、五戸の住民が連合して一戸の住民の居住を拒避しようとする場合には、一戸の住民を近隣の平和や安寧を破るものとして退去させられるという法律をつくると、善良な住民は無職の者を嫌っているので、横暴がひどい者は自然に駆逐されることになる。

壮士や遊び人などはその多くが個個に独立していて一家を構えず、いわゆる「親分」の家や合宿所のような一軒家に寄居している。たとえば隣り近所が異議を唱えることによって、いま居住している家ごと追い出され、さらに新たに居住しようとする家を拒絶されるとすれば、居住が困難であると感じ、名儀だけでも一定の職業をもつようになるはずだ。

このように一面では彼らの巣窟を危機に陥れ、無職ではとうてい安穏に生活できないと思わせ、他の一面ではいわゆる遊び人を「遊廓」「芸妓の居住所」「待合」などの準警察官として、江戸以来、習慣として私有してきた権力を公に認めて彼らを厳正な綱紀のもとにつなぎとめ放縦な生活をさせないようにする。さらに遊廓、芸妓の居住所、待合などから江戸以来の習慣として収奪してきた彼らにとっての私税ともいえるものを改めて公税としてひとたび役所に納めさせ、役所から彼らに支給するようにするべきである。

このようになれば、明治の初期には巡査と江戸の武士の間にややもすると軋轢《あつれき》があったように、彼らのなかで準警察官となった者とそうでない者との利害が異なり一時は混乱があっても、その結果は悪いことにはならず、かえって相攻め相正して当事者の醇化《じゅんか》がすすみやすくなるはずである。

現在の壮士は政治の状況が進歩すれば、自然と消滅していくであろう。彼らをいますぐに不必要としないわけは、政党、派閥の相互の権力均衡の関係もあるからである。そもそも壮士とは仮の名前で、実際は政治家志願者というべき名誉が本来であろう。壮士の本来の面目を認め、あくまで政治家志望者であると評価してやれば、百万、千万、一億の壮士がいても世間は憂うることはない。であるから壮士についてはその存在を拒絶すべきではなく、その名を借りて横暴なことをする者を忌避すればよいのである。

これから居住の規制が決まるとすれば、それぞれの政党、会派の有志は互いにその規制を利用して、相手方の横暴な者を駆逐するようになるから、自然と互いに恐喝や横暴な行動をして相手に乗じられないようにすることとなり、嫌うところのない政治家志望の有志だけが残ることとなるであろう。

ある個人に都外に退去すべきという命令を発する権力を、ある一部の当局者に与えるよりは、昔のいわゆる「町払い」「江戸払い」のように権力を都に付与し、町は町払い、東京は東京市払いをする権力をもつことが、公平で有効であると考えている。

遊び人を選んで準警察官とし、壮士を尊重して政治家志望に位置づけるようなことは、奇にすぎると思われるが、右手で打ち左手で撫でるようでなければ、古い習慣が長くつづいてきた弊害と必要悪を、どうして改善できるのであろうか。

賭博と社会

賭博は社会状況が平安で確固としていないことと、人間の理想が絶えないところからでてくる招かれざる賓客《ひんきゃく》といえる。社会状況が平安で確固としていないことによって、悪人が福を受け、劣等な者が名を成し、予期せぬ幸運に恵まれた者が善人、賢人、貴人とみなされ、成功しなければ小人、愚人、賊人とみなされ、正邪は成功、失敗に蹂躙《じゅうりん》され、貴賤《きせん》は貧富に屈服させられていると分かれば、だれが賭博をしようと思うだろうか。

賭博自体は正しくも貴くもないのであるが、成功して富を得ることはだれでもが垂涎《すいぜん》するところである。とはいっても、幸いにして理想を少しでも持っているとすれば、毅然として自分を保ち、安らかに運命を受け入れ、天に聴き義に頼《よ》り道にしたがうべきである。理想がないからといってなぜ我を忘れて骰子《さいころ》を振り、花札をもて遊ぶのか。明治は不幸にして徐徐に賭博時代になり、東京は不幸にして徐徐に賭博城になり、年を経るごとにいちじるしく流行してきて新聞、小説にその記事を見ない日はない。いまや紳士、淑女から車夫、馬丁《ばてい》に至るまでその遊具がない家はないという。これは賭博が流行していることに適応する事情があるからで、根本とする社会状況が改まらないかぎりどうしようもないと思われる。水源地の状態が変化しなければ下流の水勢を如何ともしがたいのと同じである。

社会状況をもって住民が賭博をしなくなるようにしむけなければ、世間の風潮が防止できないほどに勢いづくのも納得できるのである。その時になってその水源を救済する策を出せるわけがなく、さらにその下流で防止しようとするのは、既に洪水し氾濫しているのに一つの石、一本の木で、襲いくる大波を防ごうとするようなものだ。その心は哀むべし、その愚かさは笑うべしである。

しかし拙策《せっさく》も無策には勝り、何も為しえない時にあっても何か行なおうとするのは人情である。花札の流行が華華しく、都下に留学している学生までもがもてあそぶというのを聞いて慨《がい》然《ぜん》として哀しみ、憮然《ぶぜん》として自失しついには憤然とし、先にあげた襲いくる大波を防ごうとする愚かさを学ばないわけにはいかなかった。私の言葉が勢いづいた時代の悪弊から救うことにはならず、ただ一個の石、一本の木にすぎないだけである。

花札の製造、販売は禁止するか、あるいは許可して重税を課すべきである。賭博は必ずしも花札でなくてもよく、骰子《さいころ》も賭博に用いられており、古来の賭博の多くはこれである。柿の実、蜜柑、西洋カルタ、碁、将棋、角力《すもう》、闘鶏、競馬、競漕、膳箸《ぜんばし》、マッチを折って、はなはだしいのは銅貨を天に投げたり、物によらずに挙動や言葉で勝敗を決している。

このような実情であることから、花札の製造、販売を禁止しもしくは重税を課すことは、賭博の流行を防ぐのにほとんどなんの効果もないかもしれないが、花札は賭博に用いられないとしてもその遊び方に興味をもって賭博用としてますます興味を増していく性質がある。

たとえば阿片が人を魅了して最後は廃人にするように、初めは明朗に使用されていた花札も最後には使用者を魔道に引き入れなければ止まらないようになる。そこで花札の製造、販売を禁止し、またはこれに禁止同様の重税を課すことは、賭博の流行を防ぐのに少しは効果があると思うのである。

骰子や賭博以外に使われない用具は、それ自体が人を魅了しないので人を堕落させる場合は少ない。初めから賭博をしようとする者でなければ、使用方法に興味をもって賭博をしようとはしないので、良家の子弟が賭博をたしなむようになることはほとんど例を見ないのである。

また碁、将棋などはその趣味そのものに興味が高いことは歴史が示しているが、賭博の遊具として使用するのはむしろ迂闊《うかつ》で不適切である。特に勝負のつくのに各自の力量差があり、用具としては花札にくらべるまでもなく、その害毒を流す力も微微たるものである。

ところが花札はそうではない。この遊びには各種の細かな規則があり、それに応ずる工夫をその札にあらわし、その勝負を決するまでには智恵や経験の能力を駆使する余地があり、それが人に強く娯楽を抱かせて、その勝負が決まるまでに技術と運命とが交錯する状態にしたがって各人各様に差異のある勝敗の結果をもたらすことになって、ますます興味を深めるのである。

こうなることで、まだ良心が鈍くなっていない人は初めのうち無邪気に遊んでいる。ところが食品を賭けついには金銭を賭けるようになって知らず知らずに良心に背くことに慣れてくるようになる。そして強弁《きょうべん》して「賭博は男子の娯楽である」というようなことを吐くまでになる。宗教から、哲学からみて賭博が罪となるかどうかはともかく、賭博が社会状況をいよいよ不安に陥れていることは勿論であり、禁止するべきである。

花札が社会におよぼす害毒が非常に大きいことをいままで述べてきたが、なぜ躊躇《ちゅうちょ》するのか、いますぐ製造、発売を中止するべきである。もし花札の製造、販売を禁止することが、国民の無邪気な娯楽の道具を奪うことだとして反対するようなことがあれば、重税を課してもよいのだ。その理由は、本当の賭博には花札の新品を必要とし、無邪気な娯楽には必ずしも新品でなくてもよいはずなので、花札に重税を課すことで無邪気に娯楽をする者に不便を与えることは少ないのであり、賭博をする者には多少の不都合しか与えられないにせよ、流行の勢いを多少減少させることは必然の結果である。私は賭博に関連して大賭博場を設立する案、富くじ銀行を公認する案などについて一定の考えをもっていないわけではないが、いまは触れない。

芸妓、娼妓

桑麻《そうま》を語れば農夫のように、魚介《ぎょかい》を談ずれば漁民のようになる。あれこれ言えば老いた婦人のように、意見を吐けば地位のある人のようになる。利益を論ずれば小さな器のようになり、義を唱えれば君子のように大きく見える。すなわち智識のある者が発言する時は、まず語る対象を選ぶものだ。

たしかに世間で発言する人は悦んで高尚で幽玄な問題をとらえて、舌を充分に用い、筆をふるって題材にする。芸妓、娼妓やこれに関連することはすなわち田舎じみて品がないということで、上品な人が口にすべきでないこととされている。

廃娼論を抜きにして世間の上品な人人が芸妓、娼妓を議論しているとは聞いたこともないが、当然で不思議がることではない。しかしながらいまあえて田舎じみているなどといわれていることについて言及することは、愚かも極まった行為というべきである。泥を掬《すく》えば掌《てのひら》は汚れ、韮《にら》を食べれば口は臭い、芸妓、娼妓を論ずるようなことは、世の行ないの正しい人人の嘲笑を買うにすぎないことも知っている。

芸妓、娼妓などが世間におよぼす影響は大きく強いので、品がなく卑しいといわれているからということでこれを不問に付すべきでないという姿勢を示す以上は、ここで議論するのもやむを得ない。卑しいといわれるのを避けて議論しないようなことは、智に過ぎて勇に乏しい臆病な行為といわざるを得ない。いわんや利益を論ずるからといって徳のない人ではなく、義を唱えているだけでは君子ではなく、高言しているだけでは道理に通じた人ではなく、いろいろ説いているだけでは老いた婦人とはいえない。私が悪人でなければ、たとえ田舎びて卑しいことを議論しても、本当に煩《わずら》わすことにはならないであろう。芸妓、娼妓などが世間に及ぼす影響がはなはだ大きいにもかかわらず、世間の上品な人人が議論することを避けるような状況があるのを怪しまざるを得ない。

私が愚かすぎるのか、世間の上品な人人が智に過ぎるのか。風俗や社会の改良を説く人は多いのだが、芸妓や娼妓、待合茶屋、遊廓などを議論する人が少ないのではないか。そもそも世間で活発に議論している多くの人人がこれらを議論しないのは、不適当な何らかの関係があるのだろうか。たいへんいぶかしいことである。

娼妓や芸妓などは人口が少ない寒村に存在しているのではなく、繁華街である都市、あるいは交通が往来する拠点の港、津、市、駅で発達し、現在は社会で無視できない一勢力となっているのである。そこで人類全般の歴史に好ましくない汚点をつけたこの責任は、都市や港、津、市、駅が拒めないところであり、ギリシャやインドの時代の昔から今日に至ってもなおこの現象を絶滅できないでいる。考えるに、都市や港、市の性質にその存在を支える事情がある。単に人類の克己力が薄弱で、道徳教育の感化力が微小であることの二点にこの醜い現象が存在する理由を帰するのは、理を尽して情を尽さない議論というべきである。

娼妓やその時代の娼妓が世間に存在する理由は、理で観れば勝手で自分に克てない陽性の欲望と、卑屈で自分を保てない陰性の欲望とが同調するからにすぎない。そこでこの醜い現象が存在する根本の理由は、人類の克己力の薄弱なことと、道徳教育の感化力が微小であることに帰すると認めることとなる。

とはいっても、娼妓やその他の売淫婦が世に存在する理由について、情でこれを観れば、社会の各般の現象の一つとして他の現象との関係で即時に廃止できないから、この醜い現象は今日なお存在しているといえる。すなわち社会全体の組織の状況がいまだに整備されていないから、この一部の醜い現象をすぐさま廃止できないのである。

このように観察すれば、都市や港、市は娼妓その他の売淫婦に対し少なからずの関係を有し、断ち切れない悪い因縁があるというべきである。なぜかといえば、劇場や俳優には都会と離れられない関係があるように、遊廓や娼妓も都会でない土地では恵まれた形で存在できないからである。そこで劇場を発達、繁栄させたから都会の名誉とするとすれば、遊廓を発達、繁栄させたから、都会の不名誉となるという見方がないわけではない。村落を愛して都会を嫌う詩人は、ここで絶好の話の種を得るのである。

『創世記』でタマルが娼妓を装ってユダをだます昔話にもとづいて考えると、売春は紀元前千七百年頃には既に存在していたことは明らかで、顔を隠して客を待っていたというのは当時の娼妓の姿や習慣であった。キリスト教の経典に書かれた娼妓のことは、創世記第三十八章にあるだけでなく、賢者モーゼが当時の淫乱な風潮が盛んであったことを憤って出した教律の条文に散見できる。

ところが、仏教の経典には娼妓についての記載が数えきれないほど多数あり、釈迦牟尼仏《しゃかむにぶつ》を尊敬して礼拝するために摩伽陀《マカダ》国王と先を争って車を走らせ、艶麗《えんれい》で聡明な六十四もの才能を備えていたといわれる美人の波羅跋帝《はらばったい》も王舎城の娼女であるといえば、当時の社会に娼女がいたことは疑う余地もなく、より早くインドには娼妓が存在したことが分かる。

人類の古代史が不明瞭であるなかで、古代文書によって娼妓が存在した証拠を認めることは、単に歴史の一事実として注目するだけではない。社会と娼妓との関係を考察しようとする時には、忘れるべきではない一つの材料として価値がある。

嗜好と娼妓

なぜならば、古代からあって現在に至っているものと、近世に誕生して現在に至っているものとは、人類に対するその物の本来の影響力においてたいへんな差があるからである。たとえばタバコは現在はほとんど人類に必要なもののように考えられているが、数百年前までは人類に知られず、われわれの祖先などは何億人となく白煙が体内に出入りする奇異な戯れを演じるわけでもなく、不満足も感じるわけでもなく今日に至っている。このことからも人類に必要であるという度合いは低いと証明されているのだ。タバコが人類の生命に与える本来の力は、それほど強くないということはいうまでもない。しかし古代から娼妓が存在しているという事実は、どれほど人類とその醜い現象が離れられない強い関係であるかを考えさせる。タバコはなくてもすんだ時代が長く、アヘンはいまの時代にほとんどなくなっているが、ただ娼妓についてはいなかった時代もなく、現在も将来もなくなると決めがたいところである。

中アジア、インド、エジプトなどでは既に娼妓が誘惑するような風をつくって通りすがりの客をもてあそぶ時代にあって、わが国はまだ神代の時代で上古時代から娼妓がいるという不名誉を担わされずにきている。ところがいまから千年ほど前にはすでに娼妓が存在していたと思われ、時代が下がって、摂津の国の江口、神崎、蟹島などに集団をつくって娼家を営んでいたと考えられている。古い歌集や書物に見られるので想像するに、当時のいわゆる遊女はいまの娼妓とは少なからず差違があるが、その軌を一にする醜業者である。

その後には美濃《みの》、三河《みかわ》、遠江《とおとおみ》、播磨《はりま》、但馬《たじま》、相模《さがみ》などに有名な遊女がいたことなどは物語に散見できる。源平時代には娼妓や類似の者の数が徐除に増え、諸国が繁栄していくなかで遊女、傀儡《くぐつ》、白拍子《しらびょうし》が存在するようになった。足利時代の頃からは戦乱が続くようになり、民衆が太平を楽しめなかったので娼妓などのことが伝わってこなかったと思われる。風紀が頽敗《たいはい》した当時のことなので記録されて名を残すほどの妓女はほとんどいなかったが、品格が下劣である私娼はかえって各所に盛衰しつつ存在していたと推察できる。

豊臣時代には京都、大坂、伏見、奈良などで、二十数ヵ所に遊廓を許可しているが、新設するのではなく足利時代からの因襲で許したにすぎない。

このような経緯から徳川時代、明治時代となり各地に現在しているのがわが国の娼妓の歴史の概要である。江戸時代以前の娼妓の歴史は、遠い過去であることと資料が少ないことで詳細に実情を調べ尽せない。江戸以来の娼妓の歴史書でも、しっかりしたものはない。しかし幸いにも数冊の書物に、明らかに江戸の遊廓の歴史を知りうる記述がある。これらは一見すると価値がないようであるが、事実ほど明白な教訓はないので、人類に生じた美しくない現像を解釈、批判しようとする者にとっては見逃せない教訓を含んでいる貴重な書物というべきである。

特に徳川の十数代の間は太平が続き、海外勢力が来襲しわが国を制圧するようなことがなかったために、社会各般の事情はほとんど自然に発達し衰亡の流れを遂げた観がある。この点において徳川十数代の歴史は充分に尊重されるべき価値をもつ比類のない材料として、社会各般の状態を研究しようとする者の前に横たわっている。われわれは現代の芸妓、娼妓を論じるに先だって徳川時代三百年間の売淫婦の歴史を考査することで、適切な注意と準備になると信じている。

まず娼妓がいて客がいるのか、客がいて娼妓が存在するのか、これは娼妓が誕生するようになった根本の原因を論じようとする者が必ず逢着する問題である。情理から観ると客がいて娼妓がいるに疑いないが、事実から観ると娼妓がいて客がいると推定できるのだから、あたかも大荒れしている時代に亀が先に世に出たのか、亀の卵がまず先に世に出たのか、という問いのように循環して結論がでない。

そこでこれを論究してその源を特定しようとするのは愚かな行動といえる。娼妓が初めて世間に出てきた当時の事情は、伝説はともかく確定できない。歴史家の検索能力がいかに周到で細密であっても、そのことが本来秘密裏に発達してきて社会の表面に表出するようになったのであって、社会に娼妓が誕生してきた当時の事情は歴史家の説明できることではない。

娼妓の歴史

歴史家はただ娼妓という名称、もしくはそのほかの同義語の呼称の起源を説くだけである。社会が健全で清潔であることを望む人人の一部には、娼妓が世にでてきた根本の理由を論じて責任が男子にあるとして、娼妓になった女子はむしろ同情されるべきもので、何ら非難されるべきでないという人もいる。このような議論の結果は、淫蕩な男子が世にいるかぎりは、娼妓の存在を必然として認めることとなる。

この意見はその意味では男子の不徳を痛撃するもので、全面的には是認できないが、一面では女子の良心を無視するような状態がないわけではないので、議論とはなりにくいのだ。また娼妓が世間に存在する理由の責任は、娼家の経営者や売淫を認める女子にあるという意見もあり、男子は誘惑されて利益を追求する漁網にかかった魚のようなものにすぎないという人もいる。

このような議論の結果は、利益のためには羞恥心を忘れる者が存在するかぎり、娼妓はこれからも長く存在すると認めざるを得ないことによる。社会の組織が娼妓や娼家を認めず、娼妓を禁止する法律や制度を設置しなければ、社会の清潔、健全は達成できないということである。

この意見の意味するところは、娼家の経営者や羞恥心を忘れた女子を批判し、嫌悪すべき現象を許す社会や組織の道理にかなっていないところを攻撃しているのである。決して当然の理屈ではないにしても、一面においては問わず語りに男子の良心を無視し人格を軽蔑し、法律や制度を重視しすぎて形式にながされる弊害があるので嚙みあった議論とはならないのだ。

およそこのような両極端の議論を私がいま説いたように、簡単に露骨に発表して自分の意見とするような人はいないだろうけれども、程度の差はあっても人の思いの多くはすべて以上の二種類のどちらかに属しないものはないのである。とはいっても娼妓が誕生した根本の原因が、男子だけでも遊廓の設置者だけでも、破廉恥な女子だけにあるわけでもない。であるからその責任を一方に重く、片方に軽くすることに与しないことはいうまでもない。

歴史は娼妓が世に生じた最初の状況を語ることができないので、明白な事実の教訓がわれわれに示されることはない。男子のわがままと女子の卑屈とが相まって、一つの悪現象を社会に生じさせ、この中間で利益を得ようとする者がでるのは、だれもが推測し一致するところである。しかし、このような者はまだ裏面であって、表面にはでてこずに、今日の表現では私娼であって公娼ではない。

ところが歳月がたって私娼は公娼となり、ここに社会の表面にはじめて娼妓という一階級が生ずるようになるのは、社会が娼妓という存在を認識し許容せざるを得なくなったからである。このようになってはじめて歴史の身内に属したことになり、明白な教訓を事実をもとに示すことになるのである。

われわれは無益に想像や推測を逞しくせず、また無益に自分の意見を主張せずに、平穏な態度を保ちつつ歴史が与える教訓を咀嚼して吟味すべきである。自分の想像を逞しくし、自分の意見を固持して問題に臨むと誤りが多い。そこでまず自分の想像をやめ、自分の意見を空しくしておもむろに事実が与える教訓を受け入れ、その後に問題に取り組むことで、過失を少なくするに越したことはない。

王朝時代の遊女、『保元物語』『平治物語』などに見える遊君などは、今日の娼妓と一列に論ずるべきではない。歴史の文献に名前が記されているほどの者は、特に頭抜けていることは申すまでもないので、特に疑って考えることもないのだが、当時の遊女、遊君などは概してしとやかで売色の婦とは思えない事跡が残されていることを考えると、当時の遊女、遊君などが世に出るに至った状態は、今日の娼妓などにくらべて大きな隔りがあったというべきである。また当時の身分の高い公卿やその側近と関係をもつことが多かったことを考えると、恐らくは当時の遊女、遊君は社会から排除されることがない立場にあったにちがいないのだ。

要するに当時の遊女は今日では判断しにくい環境のなかで社会に存在していたことも、いまの娼妓とはくらべようもないのである。ただし当時の遊女、遊君のなかでも、その下層の者は今日の娼妓と実態は同じようであった。

江戸の遊廓誕生

このように王朝から中世に至るまで遊女、遊君などは今日の娼妓と同列に論じられないだけでなく、時代は古く関係文章が少ないので、鎌倉幕府の志水義高、里見義成などを遊女を担当する別当職にしたという記事が『東鑑《あずまかがみ》』にあるが、どのような制度、習慣があって、いわゆる遊女の別当職がどのような部下をもち、事務を執っていたかは推測にすぎず確認できないのだ。徳川時代以前の遊女、遊君などの歴史をみても、遊女を担当する別当職が鎌倉時代になってはじめて世に知られるようになったことをわれわれに注目させることはもちろんであるが、何らの知識も、解釈も与える力がないのだ。なによりも徳川時代以来の歴史を学ぶべきというだけである。

江戸での遊廓の誕生は元和三年である。遊廓ができる前も江戸の各所に娼妓がいなかったわけではなく、麹町八丁目、鎌倉河岸、常磐橋付近などにいつからか集落をつくり娼家としていたことは疑うべくもない。江戸の初期に、諸国から武士や町人が江戸に集まりはじめ繁栄するとともに、為政者が黙認したことをよしとして、他の町で醜業をしていた者、京都や駿州から移住してきた者、売春が利益があるのを見込んで新たに開業する者もあって、いつともなくだれともなく各所に小さな遊廓が自然成立するようになったのである。

江戸を開いた徳川家康はその創世時期であったために政務に忙殺されていたので、しばらくはこれを意に介さずにいたのだが、盛んになってきたのでその処置を考えるようになったのである。家康は自然の趨勢に抵抗しないことを人生の第一義としたので、その寛大な方針に従って、営業を公認したことは『事跡合考《じせきがっこう》』などの書物に記されているとおりである。

元和三年に遊廓が設置を公認されたのは、慶長年間に庄司某などが請願したのを当時の為政者が公認したことがきっかけである。その遊廓設置の主趣は公認を得ようとして陳情したのであって、必ずしも価値があるものではないとはいえ、当時の為政者が庄司某などの請願を決裁して、江戸にはじめて遊廓を設立した理由は研究する価値がある。

当時の徳川氏は既に天下を統一して、長期政権を維持するための制度、法令を定めて安定した善良な統治者としての実力を天下に示すべき地位にあったので、すべての施設には必ず深い思慮と判断があってこれを決定していた。特に封建制度の時代であるから、徳川氏の居城をおく江戸の政治に充分すぎる配慮を払ってきたことは、疑うべきもない。

江戸が繁栄しなければ徳川氏はその権威と富を失い、腐敗すれば徳川氏は旗下として信頼できる武士が力を失って立場が危うくなる。そこで徳川氏の当時の急務は、江戸を腐敗させず旗下の堕落を防ぎ、剛健な気質を残し、もしもの戦いに応えられる実力を備えることであった。また一方では江戸を荒涼とした都にせずに花や錦のような美しい土地として、天下を掌握する徳川氏の拠点に似つかわしいものにする必要があった。

ところが市中に娼家が雑然と存在し、女性のいい声の楽曲、妖しい嬌態を公衆の前にさらすことは、明らかに社会を腐敗させるもとになる。筆を執れば文字を書こうとし、刀を持てば物を斬ろうとし、酒の香りをかげば一杯飲もうとするのは人情である。であるなら、色を売る妖婦が市中に雑居して武士、町人の眼に触れる機会が多ければ、疑いもなく彼らに淫らを思わせ、いやでも色欲を覚えさせるのである。

人間は自分に打ち克つことが困難で、色欲が一たび働くと万牛の力でも抑えられず、煩悩の犬となり情欲の餓鬼となっても、後悔せず甘んじて惰落するようになるものだ。武士の気風が頽廃し町人の生活が衰微していくのも、その多くは源としてこのような機微がきっかけとなって、ついには氾濫を抑えられないようになる。昔の哲人が、欲する物を見なければ心が乱れることはない、といっている裏には、欲しているものを見ると心が乱れるという事情がある。

娼妓が市中に雑居すると武士、町人の心を乱し、堕落と腐敗を醸し出すようになる。これは徳川家のために忠実であった当時の智謀者が、好ましからざる状態と見抜いていたところであろうが、江戸城に近い麹町八丁目、鎌倉河岸、道三《どうさん》河岸などに娼家が散在しているのは心ある者なら眉をひそめる風景に映ったであろう。「江戸のあちこちに次第に遊女宿ができているが、幕府から停止するように申し出があり、武士が惰弱になるのはどんなものかと奉いをたて……」と『事跡合考』が記しているのは疑うべきもない事実で、町中に雑居している娼妓が武士、町人を堕落させ、都会を腐敗させると当時の老家臣などが心配していたことからであろう。

遊廓設置の元和三年

　このようにして歳月が過ぎ、庄司某などが遊廓設置を請願した時に検討し関係していた役人は、どのように充分な思慮をもって利害得失を計算したのであろうか。彼らの智能を充分に使い、検査や考慮をくわえ、さらには人が集まり討議をしたうえでようやく採決をしたに間違いない。庄司某などが出願した日時には異説があるが、いちばん遅れているものを真実として取り上げても慶長十七年となっている。その請願が認可されたのは元和三年である。その間に大坂の陣があったわけだが、出願から認可まで実に六年かかっていて、当時の為政者がこのことを軽率に看過しなかったことの証しである。

　このように江戸の腐敗を憂い、徳川家の旗下たちが堕落するのを恐れた忠臣たちが、慎重な態度をとり深く思慮して、遊廓の新設を許可した理由は後に触れるが、歴史を学び知るべき価値があるといえる。

　遊廓を新設した当時の為政者がだれであるかは不明であるが、新設を可とした有力な意見は、遊廓新設の許可と同時に請願者に下された五ヵ条の条目で推察できる。

　当時の為政者は、一方で江戸が富み繁盛し日本の首都としての実力を備えていくことを願い、一方で将軍の城下が長く腐敗しないで旗下の侍が剛健で固い気風を失わないようにと願っていた。上は徳川家に下は自分の職責に、さらに現在と将来におよぼす自分たちの遊廓を処置した影響が、どれほど大きいかも自覚してこの問題を判断したのであろう。遊廓の新設許可と同時に請願者に下したいわゆる五ヵ条の条目というのは、この問題に対する当時の為政者の意見と精神とを実際の法文として示したものに疑いない。

いわゆる五ヵ条の条文の中には、当然、為政者の売色者に対する意見やその処置の精神が存在していることは疑うべきもない。その五ヵ条目の第一は、遊廓の外で商売をしてはならない、さらに遊廓の外から遊女を雇ってきても今後一切遊廓を許可しない、というものである。この一条は表面的にはなんの変哲もないといえるが、軽くいたずらに看過できない。

なぜならばこれは実際に具体的で一方的な文書通告であるから、人になんらの感情も起させないといっても、その裏面には強制的な権力で堅固な指導を包含しているものである。もしある人がこの条文を理想的、抽象的、論理的に言いかえれば、だれもがこの一条の意見と精神の偉大さに驚かされるであろう。

「遊廓の外で遊廓の売春をしてはならない」という一句に徳川家が江戸に入国して以来次第に生じてきた各所の娼家が暗黙のうちに得てきた営業権を武断で断ち切り、また「遊廓の外から娼妓を雇ってきても遊廓の商売は許可しない」という一句に武士や町人の間を往来する自由を殺《そ》ぎ、また、武士、町人が娼妓を品定めする自由を奪っているのだ。この条文がだされない前は、娼家は各所に散在し、良民の間に雑居していたが、この条文は遊廓以外での醜業の営業を禁止したのである。これは娼家を江戸に散在させておけば、その付近を悪化させ、ついには全都を腐敗させる根源になるという意見からでた英断ではないか。周囲の影響力が潤みわたり人を染める力が大きいことは、孟子の母ほどの智恵がなくてもそのだれもが知っていて、遊女宿と良民が雑居すれば良民が被る害が少なくないのはだれもが認めているところである。

娼家が市中に散在するのを禁止したのはまったく快挙であって妥当である。言外の精神は江戸の腐敗を未然に防ぎ、遠ざけたい醜業者を一区域に囲い込むことにあるので、好ましく健全であることはもちろんである。

またこの条目がでる前までは上流社会の人人も娼妓と狎《な》れあって往来しあっていたようで、「慶長や元和の頃は上流社会の立派な方方も約束して、いつの日はだれの家になんという太夫のお手前で茶の会があるといって、親しい同士は誘いあった」と『洞房語園《どうぼうごえん》』に書いてあるような実態である。また娼妓は源平時代の白拍子や今日の芸妓のように、時には豪族や金持ちに招待されて宴席などにでることもあったが、この条目はそれを禁止して娼妓が遊廓以外にでることを許さず、武士、町人が娼妓を招いて遊廓以外を自由に行動するのを禁止している。娼妓が武士、町人の間を往来して、厚化粧で奔放《ほんぽう》に媚態を売りまくるのに任せるのは住民を堕落させることになるというのだ。

遊廓から娼妓をよんで豪奢を気取るのを許すと、尊いこと卑しいことが乱れ、悪口と誉めることを取り違え、人が恥ずかしいことと貴ぶことを分別できなくなるもとである。だいたい娼妓が廓の外に出るのを許せば、娼家を市中に散在させたのと同じ結果をもたらして、これもまた都会を腐敗させる原因になるという意見と、娼妓を一定の域に押し込んで手足を縛ろうとする精神からこの厳令を決めたのは、じつに至当であったといえる。

このように五ヵ条の第一条は、一方で遊廓の新設を許し、一方では醜業者が良民と雑居して生活する権利を剝奪し、都の片隅に大魔窟をつくらせる代わりに、都内の化け物を移動させ良民の間には影一つ残させないようにさせ、伏魔殿を封鎖して悪魔と良民の関係を絶とうとしたのである。

許可の五ヵ条

当時、遊廓の新設を許した土地として与えた二丁四方はいまの竈《へっつい》河岸付近で、今日考えれば江戸の中央というべき地であり、当時の為政者が与えたのは少し奇異のようではあるが、時代が江戸初期の頃で、その土地は沼地で蘆《あし》だけが生い茂っており決して今日のような形勢ではないことは、葭原《よしわら》とよぶ地名にてらしても明らかであったので、少しも怪しむことはなく自然で、かえって葺屋町《ふきやまち》の土地を施した幕府の処置が、遊廓設置を出願した者に厳冷たる態度であったと想像できるのだ。

そのような精神、意見、態度、処置によって江戸の遊廓は設けられたのである。

江戸におよぼした利害の結果は、葭原の町が出現してから徳川家が政治を放棄するまでの、二百五十年間の歴史がこれを語り証明している。五ヵ条の条文の第二条以下は

一、遊女を買った者は一日一夜より長逗留してはならないこと

一、遊女の衣類は金銀を縫いつけたものを一切着てはならず、どのような生地でも紺染でなければならないこと

一、遊廓の造りは美しくてはならない、町役人は江戸の町の格式通りに必ず勤めること

一、武士、町人にかぎらずだれかれの出入りを調べ、不審者に会ったら奉行所へ届け出ること

とある。第二条は客を永逗留させず、また遊廓が欲深くならないようにするだけでなく、諍《いさか》いが起きないようにするためである。第三条は贅沢を禁じ、尊卑の区別を厳守させ、遊女と一般の女との社会での立場の関係を崩さないようにする周到な用意があってのことである。第四条の前半は醜業者の地位が社会では低いものとし、後半は義務が一般住民と同等と規定し、第五条は廓内に規定して目明しの任務を醜業者に負わしたものである。

第二条から五条まで一条といえども醜業者にとって利益がある箇条がないのは、苦痛であったろうが、廓外で同業者を禁じている一条があるのでどれほどの苦痛があっても耐えるだけの価値があった。葭や荻が茫茫と繁っている湿原を得たにすぎないにもかかわらず、庄司某の悦びは大きかったに違いない。

元和の命令で元葭原の遊廓が設立された当時、江戸市中に散在していた娼家の多くはすべて五ヵ条の条文の第一が対象とするところとなり、誓願寺前、麹町、鎌倉河岸などで住民にまぎれて商売していた者たちは競っていわゆる元葭原の廓に入ったのである。すなわち以前に柳町

に存在して、後に元誓願寺前に移った者などは江戸町一丁目を、鎌倉河岸にいた者は江戸町二丁目を造成し、麹町にいた者は京町一丁目を、京橋角町にいた者は寛永三年になって角町を造り、遊廓の新設を聞いて大坂や奈良から来た者は京町二丁目を造り、いわゆる五町が成立しその名称を伝えて今日になってもなお存在している。

このようにして当時の江戸は良民の住居の中に一軒の娼家もなくなり、妖《なまめ》かしい集団を一掃した観があったことは疑いないのだ。その結果の善悪はともかく、為政者が計画したことはその通りに実行されて、五ヵ条の第一条は充分に実績をあげ目的を遂げたのである。

この五ヵ条の第一条はすべての条文の精神的な眼目であって、この条文が死文になれば、遊廓の新設を許可しても、すでにある弊害にさらに一つを加えるにすぎなかった。為政者は当初からこの一条が遂行されない理由があるのを看て取って、全条目を活用あるものにしようと試みた。期待したように第一条は充分に実効力がある条文として、すべての娼妓を市の片隅の葭や荻の原に駆逐して少しの影も市中に残さないようにした。

これは庄司某に遊廓の名主の役目を与え、評定所で諸奉行、役人が列席のうえ本多佐渡守から「娼妓町はすでに一ヵ所許可されたのであるから江戸市中は当然のこと、すみずみの周辺の地まで娼妓の類いは一切許可しない。もしそのような動きがあれば、遊廓の名主や住民たちは訴えでるべきである」と厳命した結果である。

武士を規制した条文

これは、廓外に醜業者がいることになれば廓の者の利益を殺ぐことになるので、利害の関係が深い遊廓の者に廓の外で醜業を営むものを探査し追及する役目を任しているのは、実に巧妙な手段というべきである。もともと密かに醜業を営むことを禁じようとして条文を公布してもその実効はあがらず、多くは無効で徒労に終ると思われるが、為政者が自ら手を下さずに効果をあげようとするのは、たとえ正道でなくても政治を行なう上手な手段といわざるを得ない。生存競争の道理を応用して、醜業者は醜業者で治めさせ、毒をもって毒を制するこのような策は労せずして成功する卓絶した方法といえるだろう。世に人間を忠実に奔走させて、苦労を感じさせないのは生存競争である。生存競争となれば、どのような怠け者でもよく勤め、臆病者もすすんで勇ましく働くようになる。

そこで廓の外に自分たちと同業を営み、利益を奪おうとする者を探査する特権を与えられた以上は、廓の内の者たちがその特権を使って利益をもとめ身を護ろうとして、いかに条文に忠実になろうとしたか理解できる。

遊廓新設の利害得失はともかくとして、このようにして元和三年に良民の生活圏から醜業者はすべて駆逐され、特別に江戸の片隅の遊廓でなければ武士や町人の耳目に触れることはなくなった。江戸を腐敗させ堕落に陥れようとする悪魔の伝導所も取り払われ、悪魔たちは葭や荻の原野に幽閉され、条文の第一条の鉄鎖で厳しく縛られたのは事実である。

遊廓の新設は幕府の為政者が許可することとして、江戸ではじめて吉原に開かれたことは前に述べたところである。このように幕府の為政者が娼家に対して執った方針は、醜業者に利益をもたらした観がないわけではない。

といっても、幕府の方針は遊廓内の娼家に利益を与えようとするものではなく、廓外を清潔に保とうとすることが目的にあった。そのためにいわゆる条文の第一条を発布したことは、別に遊廓の大門口《だいもんぐち》に掲げた「大門口制札」によっても明らかである。大門口制札には、廓内の娼家を利することのない一条も入っているからである。

それは「医者以外はだれも乗り物は禁止である。付　鎗や長刀《なぎなた》は門内に持込み禁止である」という条文である。なぜ制札のこの一条が廓内の娼家に不利益かというと、内容は条文のとおりのようにみえるが、その裏面の精神としては社会の上流に位置する武士たる者が遊廓に入るべきではないと厳しく指示しているのである。

鎗と長刀をあげたのは、いわゆる長道具という武器であるが、鉄砲の類いの飛道具《とびどうぐ》も同じで、すべて遊廓内に持ち込むのを禁じていたことは明白である。これらは武士の品位、名誉、権威をあらわしていて、遊廓に入る武士の品位、名誉、権威を剝奪することなのだ。すなわち上流の武士が廓に入ることを無言のうちに制止しているのである。

この制札が大門口に厳存している以上は、廓内では一国一城の主も三千石、五千石の武士も、教養のない者、農民や商人と同じに見なされ扱われたのだ。ひとたび大門を入ると名門であるとか有力な武士の立場であっても、当然のことながら自ら屈辱を被り権威を失って淫欲界の一餓鬼となったことを認めざるを得ないのだ。世が腐敗、堕落の極点にない時には、このような現実的、具体的な訓戒は、自分を尊重する心の強い武士、町人を覚醒させる力が大きかったに違いない。

いやしくも社会の上流にいて庶民の尊敬を受けるべきと自覚している者が、誇りを失っていないかぎり自分から身分の低い教養のない人間たちと一緒になって煩悩の犬、色欲界の餓鬼となるであろうか。慶長、元和の当時には娼妓に狎れ親しむことを避けていなかった武士、町人についても、大門口制札が掲げられてからは再び白馬を娼家の柳につなぐ、という流行歌になるような事実が少なくなったことも推察できる。

この大門口制札によって、一面では遊廓内の争いを減らし、凶悪犯を廓内で捕縛する機会ができた。他の一面では体面を重んじる武士を装っていても、ひとたび廓に入れば品位、名誉、権威を無視されてもいた仕方ないと明示していたのである。これは遊廓を利する命令ではないのか。

仔細に制札の精神を看て取れば、武士が娼妓などと懇意となって堕落するのを防ごうとする意図は明らかであるといえる。制札の条文は鎗、長刀などを禁止するだけにとどめ、帯刀を禁止するまでにはなっていないが、実際には妓楼《ぎろう》に登って客になろうとする者の刀を妓楼や揚屋《あげや》が保管するのを常としていたので、現実には武士の精神や魂として離してはならない刀を奪われ、罪を犯した武士の受ける待遇と同じであった。

世がこぞって濁ってしまえばそれまでである。しかしそうでないのにこのような処遇を受けざるを得ない苦痛は、自分の精神と体面とを重んずる武士にとってはこれ以上の恥辱はなかったはずで、これにくらべれば欲を抑え自分に克つ苦痛などはむしろ耐えやすいはずである。

このように世間の風紀が乱れないのであれば、地位のある武士であるなら、自分に克ち欲を抑え、あえて遊廓の門内に入らないことである。このようなことはすべて、幕府の為政者が遊廓を圧し、手におえなくなる発展を制止しようとする意図から出された処置でなくてなんであろうか。

町売りの繁盛

後世になって、浅はかな考えの者が徳川家が遊廓を許可したことを知って、徳川家が公娼を積極的に奨励して江戸を繁盛させようとしたなどというのは、無知もはなはだしいといわざるを得ない。

元和以前は娼妓が市中の武士や町人の邸宅に出入りし、たとえば現在の芸妓が貴族や紳士の宴席にはべっていることと同じであると前述した。これを当時は「町売り」といっていたが、この「町売り」が娼家にとって利益があったことは申すまでもない。

わが国の娼妓の沿革を考えると、昔から「店売り」「町売り」がともに行なわれていたように、源平時代になって白拍手などを勇猛な武士が狩猟にともなっていったことは、中世の物語に散見でき、いなかったわけではなかった。後世にいう町売りは、徳川時代の数百年前からあった。

娼家から論ずれば町売りは、娼家の歴史からみて既得権に属するであるように思える。だいたい豪族や金持ちは常に自分の邸宅で贅沢が勝手自由で、妖艶な婦人と戯れようとすれば、こちらから出むかずに招こうと望むのである。そこで町売りの客は豪族か金持ちであって、娼家に光をもたらす福星であった。

町売りも下劣なものはみじめで貧乏たらしいが、娼家で美しい遊女を見るだけでは満足せず、自分は一段高い所に酒食を置いて座り、名妓をはべらそうとする者のためには好都合で、娼家にとっては利益の大いにあがる背景があったと思われる。

ところが遊廓の新設を許可すると同時に、何百年も続いて因襲となっているこの習慣を破棄して町売りを禁止したのは、当時の為政者の評価すべき決断といえるのである。特に一方では大門口制札で、遊廓の娼妓に戯れようとする者をそれとなく牽制し、一方では町売りの習慣をなくし、娼妓と武士との間に永遠に開くことのない鉄の柵を設けて通路を断ったのは、あらゆる関係者の均衡をとった軽薄でないきわめて巧妙な配慮である。当時の為政者が私娼や公娼にもっていた精神やとった態度は、次第に明らかにされ判明するであろう。何も分からずに吉原設置を許可したと非難するのは、何も知らない書生が事実を分からずに大言するようなものだ。

元和三年に元吉原が設置された当時の事情はこれまでの諸説で尽ている。それ以降の遊廓や廓外の形勢はどうであったか。幕府の遊廓への態度、方針が厳峻であるにもかかわらず、遊廓は発展を遂げてきたことは疑いがない。

葭や荻の沼地は甍《いらか》や軒《ひさし》を連ねた町となり、鷺や猛鳥の巣は雌雄のおしどりの眠るところとなり、遊廓の春は永く帳《とばり》のおりた春の空気は暖かく、蝶が舞い狂い蜂が忙しく往来し乱舞し花花しい歌声は頂点にのぼり、桃の花が媚びて笑えばその下には道をつくり、道路もつくられ橋も架けられる。いまでも残る親父橋は娼妓と別れがたい客のために建設されたというではないか。元吉原の繁栄にはこのような経過がある。

ところが元和三年から二十四年たって、幕府は廓内の娼家の夜間営業を禁止したのである。寛永十七年の幕府のこの布令は、なんの理由で出されたのか明らかではない。推察するに、遊廓の繁盛が驚くべきものであったから、各種の弊害を露呈してきて幕府の役人の眼にとまったことも少なくなかったので、これを防止し社会の混乱を防ごうとして営業時間の短縮を実施させたのであろう。

当時はまだ戦乱の時代から遠くないので、武士や町人の気風も豪爽《ごうそう》で直截で熟慮などをせずすべて為すべきを為す傾向があった。大金を使って一夜の夢を買う者も少なくなかったが、一方では市中に娼妓が雑居していた時代で、町売りがあった習慣の惰性で大門口制札に縛られることなく遊興をする者も多かった。

このように遊廓は五ヵ条の条文や大門口制札の規制をうけたにもかかわらず、当時の幕府の予想をはるかにこえた繁栄ぶりであった。もともと幕府は遊廓が繁栄するのを歓迎する気持ちがないばかりでなく、心中は遊廓を抑制しようとする意図があったので自然の勢いに一任しなかった。それは世間のために危険だという考えから、手をこまねいていられないということで、娼家の営業時間を短縮させたのである。

風呂屋の登場

娼家の夜間営業禁止は、梟《ふくろう》が夜に飛ばないようにするのと同じで、法もむごい毒になるということである。醜業者の営業時間は従来の条文の第二条の定めで「遊女を買って遊ぶものは、一日一夜だけで長逗留はしないこと」と決められただけであったのに、突然、夜間営業を禁止させられた当時の娼家の狼狽《ろうばい》と驚愕《きょうがく》はどれほどか計り知れない。

遊廓は螢のようなもので、夜だけ光り、娼家は梟のように夜に利益を得るのだ。そこで遊廓、娼家に夜間営業を禁じたのは、光を失わさせ利益をまったく奪い去るに等しい。

醜業者の打撃も莫大といえた。

寛永十七年の布令の可否はともかく、執行された結果をみると幕府の意図したとおり遊廓の繁栄がすこぶる阻害されたことはもちろんであるが、他の一面では意外な結果が生じている。以外の結果とは何か。「風呂屋者《ふろやもの》」がでてきたことである。

風呂屋者とは、初めはその名のとおり浴場で客が使役する下女であったが、後になって枕をともにするようになり、風呂屋も入浴の湯だけではなく酒や茶をだす一種の料亭の実態となり、すすんで今日の東京にある温泉宿のようなものとなった。遊廓の夜間営業禁止の布令がでて、二十数年前に娼家、娼妓などが市内に散在し、町売りをしていた事実と相俟って元和以前の状況を復元することとなり、江戸市中全体に、名前は風呂屋者といっても実は私娼が、無数の小さな虫が羽根をひらひらさせて風にただようような有様となった。

風呂屋者の仕事ぶりなどの当時の状況や、嫖客《ひょうきゃく》が風呂屋にきて風呂屋者を買う段取りなどは明らかではないが、今日の芸妓が性を売り、それらに世話をする待合や茶屋のようなものであったと思われる。風呂屋者はその多くは卑賤な身分であったろうが、いわゆる風呂屋者の勢力は後になって吉原遊廓に少なからず変化と影響を残している。

その全盛期には、世間の耳目を惹き情欲を煽る体裁と雰囲気をもっていた風呂屋者がいたに違いない。風呂屋には特別な能力をもつ、妖艶で武士や町人の気を惹き、腰軽く働き不憫《ふびん》に思わせ同情させるような娼妓がいたに違いない。風呂屋が寛永末から盛んになり、吉原の廓内に入ってくるようになっても風呂屋は吉原にあって吉原化されず、かえって吉原が風呂屋化されたことでも明らかである。

われわれが浮世絵でまたは劇場の諸道具で娼家の建築様式としてしばしば眼にするものも、昔の娼家とは異なり風呂屋の建築様式の古さをあらわす代物《しろもの》である。寛文年間に風呂屋が吉原に入ってきてから、大小の妓楼が風呂屋の形式から学んでいるので、娼家の古い建物は滅び去り、風呂屋の新しい形式だけが吉原に残ったというわけではない。
一方では寛永から数十年たって元禄になっても地方には娼家で何風呂、某風呂というものがあったことは、西鶴などの著書が教えている。また初めは風呂屋者であったが、後に名妓となったという有名な婦人がいたことも、古い書物は伝えている。これらの諸点から考えれば、風呂屋者のその初めは卑賤《ひせん》でとるにたらない私娼であったが、次第に侮れない現象となって社会に登場してきたことは間違いない。

いわんや寛永十七年を二十年過ぎた明暦三年になって、幕府が取りつぶした風呂屋だけで二百余軒ということであるから、江戸中に散在していた風呂屋の数も二百余軒に止まるはずはなかった。風呂屋の勃興はこの種の問題を研究しようとする者が等閑にすべきでない課題である。

風呂屋の勃興は当時の幕府が予期しなかったことであろう。しかしながら風呂屋の勃興は、単に吉原の夜間営業禁止によるとばかりはいえない。風呂屋の勃興は、むしろ遊廓の新設以前からあった市中の事情の忘れ形見が、再び燃え上がってきた結果で、遊廓の夜間営業を禁止する布令がでてからではない。

しかしながら風呂屋がこのように急に増殖し発展してきたのは、遊廓夜間営業禁止令の力であるといわざるを得ないことは明らかな事実であって、少なくともこの点では当時の幕府は責任を負わざるを得ない。遊廓夜間営業禁止令は以外な結果を生じさせたというべきである。制止しにくいのは人の欲であろうか、それは片隅に圧し固めようとすれば、他方から噴出しようとする。

人はみんな聖人、賢人になろうと願っているわけではなく、多くの市井人《しせいじん》が望むのは腹を満たし美しい服を着て、美人と接する楽しみに浸ることなのだ。教育が普及しみんなが聖人、賢人になろうと切望しなければ、都府を清潔にせずして、川が清くならないのと同じことである。

風呂屋が大いに繁盛することを、幕府の為政者が禁止したことももちろんだが、寛永十七年からほぼ二十年後の明暦年間になるまでは何の対策もとっていなかった。ところが風呂屋者が市中に横行して、娼家が雑居し、町売りをしたりして元和以前の状態と名称は異なっても実態は同じになってしまったことから、幕府の為政者もこの新しい現象を一笑に付せなくなった。

そこで明暦三年に遊廓移転を命ずる時に、娼家に大きな不利益となると予想されたことから、それを防ぐこととして、「町中の二百軒余ある風呂屋はすべて廃業させる」という一条で風呂屋を禁止して、一面で市中の清潔を保ち、一面で遊廓内の娼家をすすんで移転の布令にしたがわせようとしたのである。

新吉原への移転

これから後は、江戸は日の昇る勢いで年年驚くべき発展をとげていき、海や川のそばの湿地帯も道が縦横に通ずる街となった。交通や運輸に便利で平坦ないまの日本橋付近は史上ないほどの繁栄で、江戸の中枢というべき形勢を呈していた。そこで遊廓を中央の好位置に残しておくことは弊害が多く、利益が少ないと見越した幕府の為政者は都の片隅の寂しい土地に移して住民の耳目から遠ざけようとしたのだ。

幕府の為政者のこの意図と計画は、当初、荻や葭の生い茂る地に遊廓を設置して市内から娼家を一掃した精神と同一の理由と処置であった。たとえば五歳の児に身長にあった衣服を与えるのは、四歳の時のものを脱がした後で、六歳となった時は五歳の衣服を脱がして身長に応じたものを身に着けさせるようなものだ。

このように違った衣服に替える理由は一つである。しかしながら元和三年と明暦二年では土地が違うだけでなく、さらに替える理由も一つだけではない。娼家には不利であっても、為政者にとってこの布令は有利としなければならなかった。当時の遊廓の年寄りが町奉行によばれて、「遊廓が替えられるので転移するようにとのことで、本所の内か浅草日本堤の付近か、どちらでも代替地として提供するので選んで願いでよ」と厳命された。娼家の驚きはいうまでもなかったであろう。

醜業者たちは熱心に請願して、従来のとおり営業したいと願ったが、聞き入れられず日本堤の代替地を選んだ。当時の娼家たちの困惑は憐れむべきものがあったので、さすがの武断になれた為政者も有利な処置を約束して、移転して生ずる不利益を償ったのである。

一、いままでは二町四方の場所であったが、新地では五割増し二町に三町の場所を提供する。

一、いままで昼だけの商売であったが、遠方に移った代わりに昼夜の商売もよいこととする。

一、町中の二百軒余の風呂屋はすべて廃業させる。
一、遠くへ移転させたので、山王、神田両所の祭礼や出火した時の消火などの町の役割はしなくてよい。
一、引越し料は一万五千両を配布する。

という五ヵ条は当時の町奉行の石谷将監が示したのであるが、各条文は娼家にとっては利益であった。その第一条は遊廓の面積を増やすことであり、第二条は営業時間を長くすることであり、その第三条は廓外の競争者を放逐し廓内にいる者を保護し、第四条は役すなわち義務を外す、第五条は金を支給して目前の急場を救うとした。各条文は娼妓家に利益となったのである。

ただし第一条、第四条、第五条は遊廓を江戸の中枢である要衡の地から追い出し、郊外の僻地に移そうとする幕府の一念から考え出されたことは明らかであるが、第二条および第三条が単に遊廓を移転させたいということだけで考え出されたのでないことは、元和の条文や寛永の布令を参照してみても明確である。明暦の布令に「二百軒余りの風呂屋はすべて取り潰す」というのは、元和の布令の「遊廓の外の娼家は禁止する」と一致する方針からきていることは明らかである。

「昼夜の商売を認める」とあるのは寛永十七年の夜間営業禁止令をこの機会に乗じて撤回したものである。特にこの二条を相互にてらしあわせて解釈すれば、その間には一連の関係がある。寛永十七年に遊廓夜間営業禁止令を出したことが、間違いなく風呂屋が台頭するきっかけとなり、予想外の失敗をしてしまったことは幕府の為政者も認めざるを得なかった。風呂屋の台頭と遊廓夜間営業禁止令との間には緊密な関係があることは争うべきもなく明らかで、たとえ遊廓を移転させないまでも風呂屋を処分するか、または遊廓夜間営業禁止令を廃止するかのような行動にでるべきかの時機にきていることを自覚していたにちがいない。江戸の腐敗、堕落を未熟に防いで、永く剛健で清新な意気を武士や町人に残すことを希望する以上は、風呂屋のようなものを市中のあちこちに散在させるべきでない。このことは知恵者の意見を聞くまでもないことなので、当時の為政者が風呂屋を消滅させようとしたのは、決して思いつきではなかった。

風呂屋が台頭するきっかけとなった遊廓夜間営業禁止令を廃止して、その憎むべき新現象が生ずる路を断ち切り、流れを塞《ふさ》ごうとした日日も少なくなかった。しかし朝令暮改は為政者の威信を失うことになるので、最も嫌うことであった。ところが伸ばし伸ばしになって歳月を経て、遊廓移転がやむを得なくなったのでこれを好機として火で萱《かや》や藁《わら》を焚く勢いで、風呂屋を廃業させ遊廓夜間営業を許可しただけでなく、これを利用して娼家に慰籍《いしゃ》の方便としたにすぎないのだ。

隠し売女の粛正

明暦の布令の第二条、第三条を玩味すれば、寛永十七年に出した布令が結果として失敗であったと自認したことになるのである。

明暦三年の大火災は江戸の歴史の大事件の一つで、永く忘れられないことである。いわゆる「丸山火事」の大不幸は江戸全体に大打撃を与えたのであるが、遊廓移転を決行するのにはかえって幸運で進捗を早めたのである。

すなわち元吉原も妓楼などはすべて灰となり、愛着をもっていたものが一つもなくなり、町奉行の石谷将監はこれを機会として、すぐさま吉原を移転すべきと娼家に命じ、娼家もすすんで移転し、ついにその年の八月にすべてが吉原の新遊廓に移ったのである。

これが現存する吉原遊廓の始めの事情である。それから二百五十年にわたり、大きな変化もなく、徳川氏とともに永く栄え徳川時代の後までも存在し、今日に至っている。

新吉原が設置されると、昼夜の営業が許されたこと、市中の風呂屋を廃止させたことから、大いに繁栄したことは疑うべきもなく、江戸の市中から一時は私娼が消えたことは間違いない。元和年間に元吉原がはじめて設置された時と同様の現象が、廓内や市中に見られるようになったと推理できるのである。とはいっても都会には多人数を収容しなければならない性格から、忌むべき現象でも生じざるを得ない現実があるからというわけでもないだろうが、また徳川氏の熱心に江戸を愛惜する心で施政の方針を説いているにもかかわらず、好ましくない現象を根絶できなかった。

野火は山を焼き尽しても燃え尽きず、春風が吹けばまた燃えだすように、風呂屋は新吉原の開設後もまた隠れて商売した。これを全滅させるのは、世間の病気を絶滅するようなもので、人力でできることとできないことがあるので、勢いづかして荒れ狂わせず、病原菌が広がらないうちに掃討することが必要である。

幕府の為政者は新吉原開設からわずか十二年にすぎない寛文八年に、市中の風呂屋などの密淫売をしていた七十四戸を捕らえて廓内に閉じ込めた。当時の廓内には余地もなかったので、江戸町二丁目の遊廓の背面に新らしく一区画をつくり、風呂屋などを営業させた。この風呂屋などの多くは関西の伏見の墨染《すみぞめ》、堺の乳守《ちまもり》などからでてきていて、その近辺を堺町や伏見町となづけたといわれている。現在まで伏見町の名は残っているが堺町はいまは消滅している。

幕府の私娼や雇主に対する処置は厳正で、私娼は遊廓に付属させ、家主の家財を没収する法をつくったのである。

以上のようにきまりは厳しく、しかも遊廓に告発する権利を与えたのであるが、いわゆる「隠し売女《ばいた》」などは全滅しないまでも、江戸は全国の他の都府に比較しても健全で清潔であったことは疑うまでもない。

「隠し売女」をいっせいに捕らえて罰することは、寛文八年から数年もたたない延宝年間、天和年間、天和から二十年たった正徳年間の数度にわたって行なわれたという。

幕府が江戸の武士の気風の頽廃、民間風習を衰微させる原因となりかねない事情に、充分の注意を払い監視を怠らなかったのは、この何回かの取り締りからも推察できる。元吉原、新吉原を開設した当時の処置に道理、精神、主張、智略があって正徳年間に至るまで、終始一貫して方針が不変であったことでも分かるのである。

幕府の為政者が江戸草創期から正徳年間まで、すべての醜業者にとった処置の是非はともかく、結果をみると江戸ではそれほどひどく武士の気風の頽廃、民間風習の衰微はなかったようである。

正徳以降も幕府の施政の方針が急に変ったわけではないが、太平の時が永く続き、すべてが形式だけとなり、当局は形式にともなう本来の精神を徐徐に忘却したのだ。水が瀞《よど》めば腐り、樹が老いて朽ちるように、享保から宝暦まで無事安泰の歳月であった間に綱紀が弛《ゆる》み、「隠し売女」を市中から駆逐する名目を掲げても実がともなわなかった。

遊廓内の状態も変って法令規制は空文となり、廓の内外に為政者の注意と監視が消えたようになり、廓内は奢侈《しゃし》がはびこり、廓外には風呂屋者とは名を異とするが実態は同じである「をどり子」が出てきたのも、これらの事情に何らかの制裁を加えられなかったからである。

しかしながら当時の幕府の姿勢は強硬で、すべての制度が厳存していたので、江戸の情況は決して他の都市のようではなく、法の威力で武士の気風、民間風習が頽廃せずに宿病がひどく進行せずにいたのであった。

宝暦から安永、天明になって「岡場所」という小遊廓のようなものが市中のあちこちにでき、「十八大通《じゅうはちだいつう》」という江戸っ子に通人とよばれる痴漢などの十八人は、世間に嘲笑されずに逆に崇拝されるようになった。江戸は段段に堕落、腐敗の実態をあらわしてきて、次いで「深川」

が栄え、「芸者」はもてはやされ、「丹次郎」という色男の代表は男子の理想像となって、江戸の堕落、腐敗は頂点に達し、そのまま徳川氏の武士、町人の力を天下に示すこととなり、江戸は当然の運命として滅亡したのだ。

とはいえ江戸の風俗や習慣や気分を江戸以外の都市である京都、大坂などと比較すれば、剛健、清新の気性にどちらが富んでいるか、淫らで妖《な》まめいた雰囲気であるかを公平にみれば、識者には歴然としている。

江戸が滅びてすでに三十年余りになり、いまとなってはくらべることは困難となったが、衆目の見るところでは東京が一番に厳しかったことは確かである。

古老で三都を知っている何人かに訊ねれば答えは聞ける。江戸がもし京都、大坂などにくらべて少しでも風俗、習慣が汚れていないとすれば、その原因は数多くあるなかの有力なものの一つとして都の片隅の僻地にただ一ヵ所だけ遊廓を残していたことである。市内には一人の醜業婦も許されないようにした、江戸開府から正徳までの施政方針をあげることは勿論である。

また京都、大坂が江戸にくらべて少しでも風俗、習慣が淫靡《いんび》であるとすれば、多数ある原因のなかで有力な一原因として、市中に遊廓が多く、善良な庶民の間に醜業者が散在していたことがあげられることは勿論である。腐敗した物は接する者までが腐敗し、堕落した者を近づける者が真っ先に堕落するのだ。醜業者を市内に雑居させたり、遊廓の数を増やすことはいかがわしいものとの接点を多くすることになり、都市にとっては大損害となることは勿論である。

現在でも遊廓近くの住民の風俗、習慣が下劣なのは、眼の前の事実で隠しようがない。この事実は醜業者と良民を近づけた結果と、醜業者が良民の間から駆逐された結果との表裏二面から教示されている。恐れ忌むべきは、善良な武士や町人の間に娼家と淫婦が雑居して男子の情欲を刺激し、女子の好尚《こうしょう》を混乱させ、軽薄、淫褻《いんせつ》、口上手、利口のように振る舞い周囲を悪化させることである。

元禄時代からの遊廓政策

元禄前後の名妓が輩出した時代は、徳川氏の文明が隆盛した時代で遊廓も煥然《かんぜん》として光を放っていた。すなわち幕府の為政者が江戸市中の清潔、健全を目指していて、少し手を抜くと隠し売女が増えてくるので市中からしばしば駆逐した。幕府は決して遊廓を保護しようとしたのではないが、結果として強力に保護したこととなり間接的に遊廓を利することになったからである。遊廓は繁栄し、娼家で才色を兼備している女子で不幸にあった者を拉致して獲得し、「大名」「旗下」など地位のある上流の者たちを引き込んで客にしたのである。

有名な仙台公が豪遊したことなどは、伝奇小説の虚構にすぎず信ずるにはおよばないにしても、源平時代以降、元和の頃まで諸有力豪族や権力者が娼妓を近づけていたことは、だれもが怪しまない習慣となっていて、元禄前後にはこっそりと遊廓に出入りしていたのである。

とはいっても、地位のある身で遊廓に通うことは、もとより恥ずべきことであり、通うのも名を隠し姓を変えて身分をごまかし、普通の客を装い、盗人《ぬすっと》がおずおずと人をみるような格好をして、秘密裡に春を買っていたのである。今日の立派な紳士や金持ちが名前は待合いであっても実際は娼家や風呂屋であるところにこれみよがしに車を留め、名前は芸妓でも実は娼妓、風呂屋者である婦人と公然と戯れるような場合とはまったく違う。

ただ大名や旗下などで地位がある人だけでなく、普通の武士や町人も遊廓に出入りすることを恥と感じて、頭を上げ顔を明らかにすることを悦ばず、「土手編笠《どてあみがさ》」をかぶり、「扇垣《おうぎがき》」といって扇で顔を隠して出入りする者が多かった。

遊廓は一般の住民に「悪所《あくしょ》」とよばれ、娼家は人としての仁、義、礼、智、孝、悌、忠、信を忘れている者のやる仕事であることから「忘八」とよばれ、「悪所通い」をあえてする者は親族の縁を切る「勘当久離《かんどうきゅうり》」を受けるのも当り前として同情されなかった。地位ある身も顧みずに廓内で暴力をふるった神祇組《じんぎぐみ》の武士などは、落首で盗賊になぞらえて嘲笑されている。裏面の消息はともかく、表面は遊廓に出入りすることは非難される「不身持《ふみもち》」「不行状《ふぎょうじょう》」として排斥され、娼家やその関係者たちは「廓者」として、良心をもたない者と社会から見なされ、およそ遊廓に出入りすることは少なくとも不名誉なことと烙印を押されていた。

このような事情であるから、遊廓で肉欲を満足させても、栄誉をもとめる心の満足は得られなかった。肉欲に栄誉はともなわなかった。これは当然の道理で、とりたてていうべきことではないけれども、当時の状態としてその道理を失わない者は、武士や町人の自らの良心の判断に頼るだけでなく、幕府の為政者の遊廓にむけた姿勢に影響されることが多かった。

ところが肉欲の満足と栄誉の満足とが一致してもとめられる世の中がなかったわけではない。

肉欲と栄誉心

有名になった娼妓と馴染《なじみ》になるのを栄誉と考える倒錯した情態も、社会の好尚の標準によって生ずる。世の中の名誉の満足に肉欲の満足がともなうことは道理上ではあり得ないが、好む人間のその数によってはありうるのだ。下劣な肉欲の満足と栄誉心の満足が一致するような時代は、社会が不健全で世の中が危険な運命に瀕している時であるといえる。

肉欲と栄誉心それぞれの満足が一致しない時は、栄誉心で自分の肉欲を制し、肉欲の満足を欲する時にも自ら抵抗を自覚するならばその弊害が身を破滅させることはないのだ。栄誉心が肉欲と一致すれば、野獣と同じになり抑止できなくなり、手がつけられなくなる。その弊害は大きなものとなろう。したがって肉欲と栄誉とはともなわないもので、ともなわせてはならない。社会の好尚の標準は当然の道理にもとづいてあるべきところに落ち着かせるべきである。

幕府の為政者は遊廓の存在を許可したといっても、下劣な肉欲と気高い栄誉心のそれぞれの満足が一致しないことを、遊廓への態度で厳しく示していた。大門には与力、同心を配置して「面番所《めんばんじょ》」において欲界の迷宮に出入りする者を監視させた。大門口制札で地位、名誉ある者の羞恥心を刺激して、遊蕩に浸りきっている者は父兄のもとめに任せ「御帳《おちょう》を消す」という廃嫡《はいちゃく》や除籍《じょせき》を許していた。愚かな者どもの情に訴えて娼妓と「相対死《あいたいじに》」を企てて失敗した者は、男女を縛って日本橋の「晒《さら》し場《ば》」で三日間公衆にその愚かな顔、姿をさらしたうえで、戸籍をぬいて「えた」として、乞食《こじき》の頭《かしら》の「仁太夫《にだゆう》」にその愚かな事件の顛末を市中に知らせ回らせるなど、存分に恥辱を与える仕きたりを許可していたのだ。いわゆる「無理心中」をはかった者は即刻斬首にし、遊廓には真っ当な栄誉などは少しもないことを徹底して見せしめにしてきたといえる。

当時、黄金を見ても糞の山のように豪勢を誇った紀伊国屋文左衛門も、いたずらに娼妓の媚びた哄笑だけでは栄誉心を満足させるわけにはいかず、当時、俊秀といわれた俳諧師の其角、画家の一蝶、書家の文山などをつれて豪遊し世間に自慢して気を慰めていたにすぎない。正徳以前の幕府は遊廓には注意、監視を周到に行なった。遊廓に出入りして関係する者が世間から以上のように遇されたのであったから、遊廓があってもその弊害は少なかった。

ところが正徳、享保以降は事態が変ってきて、遊廓についての政治の対応がともなわず、為政者は死文、死法を守るだけでそれを活用しようともせず、定規と現状がくい違うようになっても、道理にてらしてその精神を残しつつ、時に応じて形式を変えようなどともしなかった。そこで、江戸初期から正徳までの歴史と正徳、享保から江戸滅亡時までの歴史とは、まったくその傾向も後世に与える事実の教訓も相違しているのである。正徳、享保以降の遊廓の歴史について、事実からの教訓を学ばなければならない。

見番所の取締り

正徳、享保以降でまず注目すべきは、宝暦前に廓外に「踊り子」が発生したことである。「踊り子」はその名のとおり舞踏などの遊戯で武士や町人の宴にはべるのを職業としていたが、これもまた徐徐に元和以前の市中の娼妓、その後の風呂屋者などの残党と一緒になって密かに性を売るようになった。当時の為政者が風呂屋者と形態はともかく実態は同じ踊り子に、どのような対処をしたのか明らかではない。

この踊り子は後の「町芸者」の幼虫で、明治の天地に飛び交う美しいの羽虫前身であるから、人情の変化、世間の流れを考える者にとっては等閑にできない。不幸にしてこの踊り子に当時の為政者がどのような対処をしたかは確認しがたいが、凡庸な為政者は何もしなくてもよい瑣《さ》事《じ》であると考えて、踊り子に何らの対応もしなかったに相違ない。

ただし遊廓には多少の影響があったらしく、踊り子はついに廓内にも受け入れられ、娼家で性を売る者が宝暦四年には二十数人にまでなったといわれている。これはかつて風呂屋者が流行った当時、廓内に入って「散茶女郎《さんちゃじょろう》」として大いにもてはやされ、ついに「大夫《たゆう》」「格子女《こうしじょ》郎《ろう》」をも圧倒した例にならったのだ。廓内の者がそこにいる娼妓に廓外で流行っている踊り子の真似をさせ、その名前を継がせて、人気取りを図ったものである。しかし散茶女郎は成功したが踊り子は廓内では通用せず、その名を使う者は減ってきて、明和五年には全滅した。

廓内に踊り子という名称が消えたといっても、壺の中の水が氷となりまた水にもどるのと同じで、生と滅の変化があるだけで増と滅の相違があるわけではない。したがって話題にすべきことでもないが、一たびでも廓内に踊り子なるものを誕生させた廓外の状況は、注意する価値がある。

もし幕府の為政者が、踊り子に何らかの対処もしなかった場合、後に市中に売淫する者が増えて、江戸は便所のようになって汚穢で不潔きわまりない都会となり、武士や町人は腐敗、堕落の頂点を味わったであろう。ついに幕府が瓦解して滅亡するとすれば、そのきっかけは踊り子の処置を怠ったことが原因であるといってもよいのである。

わが国の娼妓は、源平の昔から性を売るだけでなく、歌舞、音曲の技を演ずることもあった。鎌倉時代になって人が集まるところで娼妓を斡旋したのは性を売るためではなく、遊技を身につけていたからであったことは、当時を記した記録、雑記などによってだれでも確認できる。徳川氏の世になっても正徳、享保の頃までは、娼妓はおおむね歌と舞で客の興味を惹き、元和までは遊技ができることから上流の武士や町人に近づける幸福があった。

娼妓の頭《かしら》を太夫というのも、慶長の頃の京都の娼妓たちが毎年四条河原に舞台をすえて劇を演じてきたことから由来したものである。正徳、享保までの秀れた娼妓は頭もよく、容貌もすぐれ技能もあって、客を充分に遊ばせるだけの才能があり、たとえ才能が劣っている者も一曲の歌を歌って、客を笑わせ杯を重ねさせることはできたのだ。

「取持《とりもち》」という者たち、すなわち茶屋の妻、女で三味線や歌、舞踏が少し踊れる者などが、時に技量を見せて客を悦ばせていたほかには、後世の芸妓のようなものはなかったが、寛保の頃から廓内に芸人が出はじめ、宝暦になると「芸子《げいこ》」や「芸者《げいしゃ》」が登場するようになった。時代が下って娼妓で歌舞や笛太鼓を上手にする者が少なくなり、娼妓はただ性を売るだけになり、当時の廓外にも芸者が登場するようになった。廓内の芸者は扇屋の歌扇、玉屋のおこん、おとき、伊勢屋の主永などをはじめとして、年年その数を増やし、妓楼に属している「内芸者《うちげいしゃ》」、茶屋に属する「茶屋抱《ちゃやかかえ》」、独立してだれにも頼らない「自前稼《じまえかせぎ》」などがあって、廓内で一種の私娼のようになったので、安永八年に「見番所《けんばんしょ》」をつくって監視し厳密な規則で管理したのである。

しかし芸者は廓内でも減ることのない勢力となって、文化年間には廓内だけで百六十人以上、安政年間には二百四十人以上、慶応になって三百四十人以上を超え、それとともに江戸は滅び徳川家は倒れたのである。

芸者は、社会の勢力としては町芸者の方が廓内の芸妓の比ではなく強く、廓内の芸妓は廓外の芸者が世間に珍重されたお余りに預かって、娼妓が無芸、無能であった暗黒に乗じて、当時、一瞬輝いただけであって、論ずるまでもない。

岡場所と十八大通

岡場所というのは、小遊廓といった形で市中に雑居していた。もともとの栄枯が定まらないので、足跡を確認するものが乏しく、岡場所についての著述は絶無であって、発生や変遷を承知する手懸りがないのだ。私が小説、雑誌などで読んだささやかに考えられる材料をとりよせてみると、岡場所は徳川氏の江戸市中の健全、清潔を保とうとする意志が次第に衰えてきた宝暦、明和の頃から生じたものらしい。芝神明、麹町、大根富、根津その他の土地で、高級でない娼家と同じ体制をとって客を待っていたようである。

岡場所の妓は芸者、踊り子などのように表むきは売春以外の遊技をして客に接するのではなく、普通の娼妓のように自分の身体を他人の玩具として任せたのである。

岡場所があちこちに散在していたのは、小遊廓が散在していたのと同じで、ちょうど元和以前の無秩序、不整頓を再現したにすぎない。とはいっても元和以前は江戸の戸数もまだ少なく、市中も喧騒と雑踏などがそれほどでなく、吉原のような大遊廓もなかった。岡場所ができるようになった時代には江戸の繁盛は当時の比ではなく、市中は娼家が連なるだけでなく、既に吉原のような大遊廓も存在していたので、市中に岡場所がある弊害は元和以前の娼妓が雑居していた時代にくらべてますます大きくなり、特に遊廓を設置した当時の利益もなくなり、害だけを受ける結末となったことは言うまでもない。

幕府の為政者が心を江戸の風俗、人情に留め、徳川氏の基盤となる大都市が健全、清潔で永く腐敗、堕落しないことを希望するのであれば、法令を出して岡場所を禁止し、娼妓やその家主を良民から隔離するのは道理であった。

ところが幕府の為政者の対処が緩慢であったことは、むしろ黙認と同じで、江戸や徳川氏のために憾《うら》めしいかぎりである。このような弊害は一朝一夕に結果がでるものではないので、凡庸な為政者が永年にわたり注意を怠り等閑にした結果であっても不思議ではない。知らず知らずのうちに社会が腐敗、堕落して取り戻せない悪い趨勢となるのは、大概小さな注意を怠っていることから生ずるのが普通である。当時の為政者が岡場所にとった処置が緩慢なのは、たしかに後の江戸の腐敗、堕落の原因であったといえる。

遊廓は元和の口論と大門口制札の布令とにより、廓外の売淫者を告発して為政者に処分をもとめる権利があった。ところが岡場所が世間にあらわれるようになった時に、自分たちの利益が脅《おびや》かされることは明白であったにもかかわらず、告発した跡がないのはなぜであろうか。告発したにもかかわらず為政者がこれを顧みなかったのか、その訴えを受け止めながらも役人が忠実でなく実行しなかったのか、または廓内の者が怠惰で自分たちの既得権を利用しなかったのかの三つのうちの一つであろう。

法律はもともと死文となっているので、自ら働くわけがない。法律が生きるのは法の精神を看取って、それを尊重する人がいるかどうかにかかっている。であるからその人がいなければ、法律はただ一片の古紙の上の鳥の足跡や蝿の跡にすぎない。徳川氏が醜業者に対して施行した法令やそれを実行した事例ははっきりと残っているのであるから、法の精神を看て取るのは難しいことではない。しかし法の精神を尊重しない人に遭えば、法律も力が発揮できないのは当然である。

既に岡場所があり、また遊廓があり二者が共存すれば、遊廓は設置された根拠を失って、ただ世間の無駄にすぎなくなる。廓外は廓外で娼家、娼妓が一掃された当時の健全、清潔な状態を失ってはじめの無秩序に戻り、名だけは法律があり政治があるといっても、実態は何もない乱雑、粗野な昔に返ったことになるのだ。江戸は腐敗し、徳川氏の政治の下での国民は堕落する運命に臨んでいたのだ。

霜を踏んで氷になる、というとおり岡場所が禁止されなかったのは、時代の風向きが大きく変化し徳川氏の政治が見るに耐えないものになる第一段階といえるのだ。

十八大通という江戸の通人たちは、安永、天明期に名を馳《は》せた馬鹿な男たちである。大和屋《やまとや》文魚《ぶんぎょ》、大口屋《おおぐちや》暁雨《ぎょうう》たちはそのはしりで、多くは浅草、蔵前の札差で家が富み、財力があるといってごますりの輩に迎合されて髪や衣装まで奇異を装い遊廓にしきりに出入りして栄華を誇り、それを見た世間の軽薄な少年たちが「蔵前風《くらまえふう》」という風俗を広げるようになった。

わが国の小説史上に重要な位置を占める山東京伝《さんとうきょうでん》は、この時代の潮流に乗じて棹をさした作家で、彼の洒落本のある作品は、明らかに当時の通人が人人に歓迎され、蔵前風が一世を風靡した時代の住民の理想や実際を物語っている。それを読むと当時の江戸の腐敗、堕落がひどく、すでに病が膏肓《こうこう》に入っていると分かる。京伝以外の恋川春町《こいかわはるまち》、平賀風来《ひらがふうらい》、田螺金魚《たにしきんぎょ》などの著作でも、当時の世情を窺い知ることができる。

その他わが国の小説の分類上で洒落本といわれる一種の小冊子は、すべて通人が流行りだした前後の世相を描写したもので、江戸の住民の腐敗、堕落した証しであった。

遊廓内の遊びが市中の憧れ

花柳街に出入りして「粋《すい》」といわれ「通《つう》」といわれ、「訳知り《わけしり》」といわれるのを悦ぶ風《ふう》は、井原西鶴より以前からあって、浮世草子作家の其磧自笑《きせきじしょう》の時代になってますます盛んになったのだ。しかし安永、天明の激しかった時に比べればその差は決して小さくない。安永、天明以前は「粋」「通」「訳知り」などは単に遊廓内で通用して価値があったのだが、安永、天明の頃になると、一般の世間でも通用するようになった。

もともと遊廓内の是非や常識は社会の片隅に潜んで静かに存在すべきであった。社会の是非、常識が遊廓に通じずに、遊廓のそれらが社会に通ずるのでは社会の不健全、不潔はそれこそ計り知れないのだ。江戸は安永、天明以降になると、江戸の江戸ではなく遊廓の江戸のようになってしまった。

遊廓内の遊び人は市中の人人の憧れとなり、遊廓内の流行が市中の流行、遊廓内の話は市中の話、遊廓内のことを書けば当時の文学、同じくそれを描けば当時の絵となった。

遊廓内に過ごす日が多かった戯作者の山東京伝は、当時最も人気があったが、大門口にすんで遊廓内の名妓を画題とすることが多かった浮世絵師の喜多川歌麿は、当時の人気の浮世絵師であった。演劇に娼妓が演じられることはなく、音楽や歌曲に遊廓の風情を醸し出すものもほとんどなかった。

社会で麗しくあでやかな女魔王の影響をうけないものがなかったので、仙台候に切り殺された高尾といわれる昔の名妓は当時、理想的な女のように思い入れられ、紀伊国屋文左衛門も奈良茂などの昔の大金持ちもおおらかで、秀れていたように思われ、軽薄な若者たちが崇拝するようになった。

社会状況がこのようなので、是非、善悪の基準はなくなり、勤倹、実直な人は「野暮」と皮肉られ、質素で控え目であると「唐変木《とうへんぼく》」と罵《ののし》られ、味噌が味噌臭いのは上味噌ではないという言い方は学者らしい精神や態度の学者を世間から駆除し、「へっぴり儒者」になろうとする者は竹林の七賢を真似て自分を偽り、聖人、賢者の書物は侮辱され『世説』などが愛読され、仏教が愚弄《ぐろう》され狂歌が流行し春画がもてはやされ、真面目は排他され洒落が受け入れられ、その勢いは盛りあがり江戸八百八町を呑みつくしたのである。

甲州武士にも銀煙管《ぎんぎせる》を持たせ、三河侍にも薄綿の三枚小袖《さんまいこそで》を着させ、武士の氏名、石高などを載せた「武鑑《ぶかん》」を捨てさせ、吉原の妓楼、娼妓などの名を載せた「細見《さいけん》」を読ませた。竹刀だこのあった旗本八万騎が爪に三味線の糸跡をつけさせ、鎧《よろい》を入れた箱に秘戯の絵を隠させ、帯びる刀は細くなった。庶民は吉原、深川になじみの娼妓をもっていて、どこでも隠し名でよばれるようになるのを栄誉、希望、理想としたのも分かろうというものである。

ここまでくると肉欲の満足と栄誉心の満足が合致して、何をためらって遊廓に出入りすることがあるだろうか。社会の評価基準が倒錯し肉欲と栄誉心が合致するようになって、みんな野獣となるのだ。

これは太平の年が続き、時代が移り変ろうとする気運がでてきて、こうなったといえるが、政治を行なう者が悪さをしない若木のうちに剪定することを怠って何の手もうたず、社会の評価基準を道理にのっとって正しくする必要や、方法が分からなくなって招来した結果といえる。肉欲の満足と栄誉心の満足が合致した弊害は恐るべきである。十八妖人《じゅうはちようじん》は江戸の武士や町人を堕落、腐敗の淵に導く先頭にいる魚のようなものである。

大きな建築物である大廈《たいか》が倒れようとする時、その情勢になっても急には崩壊せずに、棟や柱の重さに耐え支える者がいるものだ。易でいう大過の象《しょう》がこれである。であるから、家が滅びようとすると孝行な子どもが頑張り、国が滅亡しようとすると忠臣たちが奮闘することになるのだ。

江戸は大廈のように、安永、天明、寛政となって崩壊の動きがでてきている。ところが徳川氏の何年かの善政があったために、少しは重圧に耐える棟や柱があったのだ。当時の俗に流され、世に阿《おも》ねる者たちがいれば、必ず義を大切にし、古《いにしえ》にしたがって世と争い俗に抗《あらが》う者がいることは疑いないのだ。

曲亭馬琴と山東京伝

曲亭馬琴は世間の変る風潮に逆らって自分を守り変らない思想に立脚して、世と争い俗と抗したわが国の文学史上で唯一人の好漢《こうかん》ある。山東京伝は世とともに流れ、馬琴は俗に背いて独り行なった。京伝の書を読むと、表面ではその世を知り、裏面では平穏でない武士や町人の思想、感情が窺い知れる。

馬琴の書を読むと、表面では自分を守り世間とともに流されず、義にもとづいて俗に屈しない武士、町人の理想、裏面では世俗にしたがう有様が理解できるのである。馬琴に抜群の筆力がありながら、それほど成功しなかったのは、当時の江戸が腐敗、堕落してもまったく救えない状態ではなかったからであると推測するべきである。江戸が傾き倒れる勢いには既になっていたが、すぐには倒れない状態であったというべきであろう。

ところが既に勢いがついてしまうと、智恵者も智を働かすこともなく、勇者も勇を奮うこともできなかった。

当時、松平定信は世の中の風俗が悪いのを看て取って、その立場から政治を行ない細密な心と意志を固めていたが、既に氷は堅く凍ってしまい、育ちの悪い木が林となってしまっているなかで、かすかな灯や一打ちの斧では如何ともしがたくなってしまっていた。

小説、雑誌を書く者は輩出したが、世の中を批判する気概があったのはただ一人、馬琴だけで、他に馬琴のような人間が一人も出ないことからも、世の中の流れを知ることができる。

江戸の通人たちが勢い盛んであった当時は、遊廓の力が大きく江戸は遊廓の奴隷であったことは既に述べた。しかし、遊廓はなお江戸の片隅にあって、江戸は直接、醜業者に汚辱されることはなかったが、享和、文化の時より江戸の状況は急転直下の勢いで悪化し、岡場所はいうまでもなく、町芸者という一種の娼妓の新しい勢力のためにひどく汚辱されることとなった。そしてついに江戸の武士、町人が大堕落、大腐敗することとなり、江戸は滅亡することになったのだ。

江戸の通人といわれる者たちがでた時代は、肉欲と栄誉心の満足がそろっていたといっても、当時の通人たちは表面だけでも重心は栄誉心の満足に置いて、肉欲の満足を軽視するのを遊興の真髄とするところがあった。しかし町芸者の世になって、遊廓で大声で歌い世を忘れる昔の通人の趣味を解する者もなくなり、ただ婦女の歓心をかい愛情の深さを誓うことで、男子の本当の名誉と考える者だけが多くなって、肉欲の満足と名誉心の満足が合致したのである。このなりゆきは江戸が滅亡する前に偶然に証明した為永春水の『梅暦《うめごよみ》』やその他の書を読めば分かる。

丹次郎《たんじろう》が当時の住民から愛され羨ましがられるものと認められ、仇吉《あだきち》、米八《よねはち》が理想の美婦人と見られたのは春水が書いて成功した理由であり、春水と京伝の成功の差を検討して、江戸の通人たちと遊廓時代、丹次郎と芸者時代のそれぞれの江戸の空気の変化を知れば、江戸が滅亡に瀕していると納得できるのである。

洒落本と『梅暦』を比較して眼を閉じて考え、角をみて牛と分かる智恵があれば、内憂外患がなかったとはいえないが、江戸っ子が永く江戸の所有者であった理由が分かろうというものである。

江戸の遊廓、娼妓、芸妓などの歴史はこうして終り、江戸の武士、町人の腐敗、墜落はきわまって、旗本八万騎の大概も丹次郎一派となり、八百屋町の江戸っ子はすべて仇吉、米八に愛されようとするようになったのだ。そして江戸の武士、町人の歴史も終り、東京の遊廓、娼妓、芸妓などの歴史は新しく始まり、東京の歴史もまた新しく開かれた。

徳川氏の長州征伐は丹次郎対奇兵隊の戦いであり、その権威を失墜し、武を汚したのは当然のことであるが、薩長土肥対遊廓、芸妓、娼妓の勝負はどうなったのか。

事実は眼の前にある。

東京の現在の住民の醸し出す空気が高尚であるかどうかは、娼妓、芸妓などの社会での立場や勢力と関係していて、剛健で清新なのか、虚弱で口先だけなのか、高尚で堅実であるか卑劣で虚勢であるかは証明されている。明治政府の遊廓や娼妓、芸妓に対する施策は善いのか悪いのか、効果があがっているのか誤っているのか、私は多くを語りたくない。

明治五年の太政官布告

明治五年十月二日の太政官布告第二百九十五号は、人身売買を厳禁し、芸妓、娼妓を一時解放する布令をだしたもので、時代にそった好ましい施策である。とはいえ、この布令は人権問題に一本の松明をてらしたにすぎず、社会問題に対してはかつての大門口制札が与えた影響にはとてもおよばないのだ。

娼妓は悦んで解放されたが、遊廓はますます繁盛した。後世の愚かな歴史家たちには分からない明治初期の吉原の妓楼「金瓶大黒《きんぺいだいこく》」は、火のように輝き錦のように麗しく栄えたのである。丹次郎対奇兵隊の戦いは丹次郎の敗北に終ったが、長州の奇兵隊、薩摩の兵児《へこ》や土佐、肥前などの同盟軍対米八、仇吉の戦いは一も二もなく米八、仇吉の勝ちとなった。政府は日本の西南地方の人人のものとなった観があるが、実際には天下は芸者のものとなった。新橋、柳橋から赤坂、神楽坂に至るまで、その繁盛には驚かされる。

東京市内に眼をやれば、大妓、小妓の清艶《せいえん》、豊艶《ほうえん》は通る人の精神を動かし、心を迷わせるにちがいない。そこで、無名の大詩人が人生の理想を歌って「相乗り幌《ほ》掛け……てけれっつのぱぁ」というまでになった。

明治の小説も美術も詩歌も演劇も新聞も雑誌も、実際には芸者の徳を褒め続けるのだ。憤激しての話ではない。真面目で本意である。眼のある者は見よ。耳のある者は聴け。

この情況を見聞きしていて、変遷を語れるのは品川弥二郎だけではないか。

娼妓をなくすべきは当然である。考えるべきはその時期である。風呂屋者、踊り子、岡場所の妓、芸者などすべて色を売り性を売る者を住民との間に雑居させてはならない。遊廓に入る者は、その内にいる時は一切の名誉を剝奪されるべきなのだ。

肉欲の満足と名誉心の満足とは決して一致させてはならない。芸妓は遊廓内に押し込める。芸妓は悪い存在である。芸妓を口にすることもよくない。芸妓、娼妓を市中にはびこらせないのは、猥褻な絵を市中にばらまくことを禁止することとまったく同じである。

良民に不必要な類《たぐい》の待合茶屋は遊廓内に閉じ込めるべきだ。大きくしっかりしたゴミ溜《だめ》をつくることは、清潔を保つために必要である。

水と火で攻めて地上で壊せないものはない。与と奪とで治めれば世間に取り除けない弊害はない。行なわないのは勇気がないからである。行なって成功しないのは、智恵も信念もないからなのである。

（明治三十二年十一月）

水の東京

上野の春の花の賑わい、王子の秋の紅葉の盛り、これら陸の東京のおもしろさを説く人は多いので、いまさら私が言うまでもない。ただ水の東京については、知っている人は語らず、語る人は知らず、江戸の時代から近頃までだれも説いていないようなので、私が試みに記そうと思う。

とはいっても、東京の地勢は川を帯に海を枕にしており、潮の満ち引き、船の上り下りするのは単純なことではなく極めて広くひんぱんであるから、詳しく書くのは一人の筆で一朝一夕にあらわすのは困難である。草原から出で草原に入るというのは昔の武蔵野の月をいっていて、いまは八百八町に家が林立し、四里四方に門が見られるので、東京の月はまさに家の棟から出て家の棟に入るといえるが、水の東京が広いことを考えると、水から出で水に入るともいえる。東は三枚州の澪標《みおつくし》がはるかに霞んでいる方から、満潮の潮に乗って昇ってくる月が、西の芝、高輪、白金の森陰がかすかな辺りに入るのを見れば、だれもが水の東京は広いと声に出すほどであろう。

私がいまあわただしく筆をとり、このように大きい水の東京の荒川から海に至るまでを書きつくそうして、脱けたり誤りのないようにできるだろうか。

強い南風に渡し船がぐらつくだけでも恐がる船嫌いの人人に、まして水の東京の景色も風情も実利も知らずに過ごしている人人に、すこしこの大都市の水上の実情を示そうとするに過ぎないし、水上に詳しい人人のためではないので、読んだ人がいたずらに文章の不備を責めないでほしい。

東京が広いといっても隅田川を通らずに海に入るのは、赤羽川と汐留堀のほかはない。であるから東京の水を語ろうとすれば隅田川を語ればすむのである。水の東京における隅田川は、網の綱である。着物の襟である。まず綱をあげれば、細い網目は自然とあがってくるように、隅田川を語れば東京のすべての川を語り尽したことになる。

そこでいま隅田川から説きおこして、後にいろいろな川に触れ最後に海を書こうと思う。東京の水を説こうとして、まず隅田川を説くのは、水の学問が百の川を語ろうとしてまず黄河を説くことと同じで、語っていけば自然とこうならざるを得ないだけである。

また隅田川を説きながら横にそれて枝の話になることが多いのは、『黄序《こうじょ》』にいうように伊水（伊川）や洛水（洛川）を語る者は必ず熊にしばしば出くわしたことを、漆水（漆川）や沮水（沮川）を語る者はついには茨の山に入ったことに触れるといわれるが、自然に附随して片時も離れられない関係からである。

○荒川。隅田川の上流の呼び名である。隅田川とは隅田《すだ》を流れるからの呼び名で、隅田村から千住宿辺りを流れるのを千住川と呼び、それより上流を荒川と呼ぶ慣習である。水源は秋の晴れた日に隅田堤から遠く西方に青みをもって見える秩父連山で、大滝村という山の最上流の人里で、それより奥は詳しくは分からないが、思うに山梨県境の高山幽谷であろう。

水源地付近の様子は私があらわした『秩父紀行』や『新編武蔵風土記』などを読んでほしい。荒川が東京に近づくのは豊島の渡し場辺りからである。

○豊島の渡し場は、荒川の川口から何度か折れ曲がり流れて、豊島村と宮城村の間を過ぎる辺りにある。豊島村の方から少し渡っていくと荒川堤に出る。この堤は桜の盛りにながめの好い向島の堤に続いていて、千住駅を通ってここに至り、なお遠く上流の北側に連なっている。

川は豊島の渡し場から曲がって西南にむかって流れ、やがて○石神川《しゃくしがわ》を呑み込みまた東にむかう。石神川は秋の日の遊びどころで錦のような眺めで、人に車を停めさせそぞろに愛させる滝の川村の流れである。上流は旧石神井村の三宝寺池であるから、正しくは石神井川というべきである。

この川は舟は使えないが、滝の川村の金剛寺の下を流れてから、王子の抄紙場で役に立って荒川に入る。

昔は水が澄んでいたことで人の役に立っていて、住む人も多く、この川筋には古い遺物が出ることが多い。石神井明神の御神体の石の剣もそれのひとつである。

○尾久《おぐ》の渡しは、荒川が小台村と尾久村の間を流れるところにある。

この辺りは荒川が西から東に流れていて、北の岸は低地で湿った土地でひどく荒れていて、自然の趣があり、初夏の新しい蘆が繁茂する頃、晩秋の風の音が強く聞える時などは、川面の眺めが心を動かし、花や紅葉などで風情がある。鱸《すずき》などの川魚を漁る人が、豊島の渡しからこの尾久の渡しにかけ千住辺りまでに小舟を浮べて遊ぶことも少なくない。

蚊さえいなければ夏の夕方の月が赤いときなどは、ことに舟で一杯酌んで、袂に吹きよせる涼風に声をあげる価値がある所という。

川は尾久の渡しから二十町ほど下ってまた一転して、千住製紙所の前を東に流れる。一回、製紙所に入ってすぐにまた本流に合流する堀がある。製紙所前を流れて、やがて大橋にたどりつく。

○千住大橋は千住駅の南組、中組に架けられた橋で、東京から東北地方にゆく街道にあたるので人馬の往来が絶えることはない。大橋から上流は小型蒸気船の往来もなく、ただ川船、荷を運ぶはしけの伝馬船、小さな荷足《にたり》船、小舟などが帆を張って艫《ろ》や櫂《かい》を使って上下するだけなので、閑かで静かな風情を愛し夏の日の熱さを川風で忘れようとする人たちは、大橋から西、製紙所の上流、川の南西側に榛《はん》の樹が連なった辺りの樹蔭に船をつないで遊ぶ人が多い。

橋の上流、下流のすこしの間は西岸とも材木問屋が多く、筏が岸に繋《つな》がれていない日はない。だいたいこの橋から下流は永代橋に至るまで小型蒸気船の往来が絶える暇がなく、石炭の煙、機関の響きが勇ましく忙《せ》わしなく、人人を載せて行き来する。橋から下流は、東にむかって川がしばらく流れ汽車のための鉄橋を過ぎ、右に

○塩入村の竹の垣根にかこまれた茅ぶきの家家を見ながら、左に蘆葭《あしよし》が茂っているのを見て曲がり南に去る。

この辺りは川が東西に流れ両岸の土地も静かで何もなく、秋の三日月を愛でるのに最も適している。だいたい月を見て心を動かすのには、山よりも水の方が勝っている。月が東山を昇ってくるという句は、歌詠みの使う文句となっているといっても、水に近い楼台《ろうだい》を月が照らすのを見る趣にまさるわけではない。

止水も川の流水の趣にまさらない。池をめぐりて夜もすがら、という風情も心に響かないことはないが、川上や川下の月の友という景色のおもしろさにはおよばない。

同じ流れでも南北の流れは、東西のおかしさには勝れない。南北の流れでは月の出るところは東岸なので美しくはないが、東西の流れでは月は川の水面から昇ってくるので見渡している眺めも広広として。波に砕ける光が白銀を流したようで長く曳いてきらきらと輝くなど、いうにいわれぬ趣がある。

ことにこの辺りは川幅も広く潮の力も強いので、大潮が満ちてくる勢いに川も膨れるかと見える瞬間に、潮に乗って転がりながら月が大きく光り華やかなのを見て、心もおのずから開くようにみえて快適である。

一年のうちで夕方の潮は秋が最も大きく、一ヵ月で満月の夜の潮は最も大きく、しかも月の昇る頃は、この辺りで潮が満ちてくる勢いが最も大きい時なので、東京が広いといっても仲秋の月はここよりよいところはないであろう。

もし人がこころみに仲秋に船を浮べて月を愛でたなら、川も日頃の川でなく、月も日頃の月ではなく、いままでこのような素晴しい風景の場所を知らずにきたことを憾《うら》むほどであろう。昔から文人墨客は綾瀬より遡《さかのぼ》らないから、このような場所があることを知らないので、詩や文章となって世にあらわれずに今日に至っているのであろう。
○塩入りの渡し場は月を見るのによい場所の下流にある。墨田堤から川を隔てて塩入村を望み眺めるのは江戸中期の画家、俳人であった呉春《ごしゅん》などの絵を見るようで、淡い風景に詩の趣がある。
○綾瀬川は荒川が曲がって南に流れるところで、東からきて合流する堀の名前である。
幅は広くはないが船は通り、眺めもこれといったところはないが棄てがたいところがある。上流は小菅から浮塚にいたり、なお遠く荒川から別れ、ここでまた荒川下流の隅田川に入る。上流には支流があり中川にも通ずるので、船の往来も少なくなく、隅田川の方から千住街道に架かる綾瀬橋辺りを見ると、川は遠く東に入って景色は一幅の絵となる。
○さんざいというのは綾瀬川が隅田川と合流する南の岸を呼ぶ俗称である。思うに庭の草木をいう前栽《せんざい》の訛《なまり》で、むかし御前栽畑があった土地なのでそう呼ぶのかもしれない。
○鐘が淵は紡績会社と地続きで、隅田川と綾瀬川の合流するやや下方をいう。むかし普門院という寺の鐘がこの淵に沈んだのでこの名がついたと『江戸名所図会』にも載っている伝説であるが、おそらくは信ずるにたらない話であろう。だいたい鐘が淵という名がつけられた深い淵は諸国に多い、そのすべてが必ずしも梵鐘が沈んだというだけで名づけられたわけではないだろう。

私の考えでは鐘が淵は曲尺《かね》が淵で、川の形が曲尺《まがりじゃく》のように曲がっているので呼んだ名であると分かる。これは各所の同じ名をつけた地形を考えて分かるようで、明らかに曲がり金という地名の川沿いの地が多くあることもあわせて考えるべきだ

○関屋の里はこれと決められたところはない。鐘が淵付近の一帯をいうが、近くに住む人が著した『隅田川叢誌』には隅田川辺りの村里の総称とある。鐘が淵の下流に大川から東に入る堀があり、奥行きは浅いが紡績会社の漕運に役立っていることは少なくない。

それより下流に

○水神の森がある。水神の地域を浮島といって、洪水にも浸されることがないのでこの名がある。この辺りはすべて川の東の方は深く、西の方は浅い。水神の森のむかいに

○隅田川貨物停車場のための堀があって西に流れる。これは上野停車場から地方にゆく汽車のために水運、陸運を連絡するというほどではないが、石炭その他を供給する大きな貢献をしている。

ここから川の深い東から西の岸に沿って下り、有名な

○真先稲荷前を過ぎる頃は、東はすこぶる浅く、西はたいへん深くなっている。石浜神社は

小さいけれども古さで知られ、真先神社の前を隅田川が流れ、はるか上流は水神の森、鐘が淵辺りから下流は長堤十里の花の名所の向島を一望できることから有名である。稲荷から下流へ一町のところに

○思川という海水の流れこむ小さな堀があるが、船を通すまでではないので、とりたてていうほどでもない。思川の南を数十歩歩けば

○橋場の渡しがある。橋場という地名はむかし隅田川に架けた大橋があったので呼びならわしたものである。石浜というのは西岸のここをさしていうのである。むかし業平が都鳥の歌を詠んだのもこの辺りといわれている。ここから下流は、左に小野某の小松島園があり、右に小松宮の別邸がある。小松島園から下流は少しばかりの草地がありそれを隔てて隅田堤を望む花見時の眺めが風流で、白髯の祠の森もかすかにみえる。

○寺島の渡しは寺島村の平作河岸《へいさくがし》から橋場への渡しである。平作河岸とは大川から左に入り、すぐに堤の下に出る小さな用水に沿った地をいう。平作河岸より下流に、桜組製革場に沿って堤下への小さな塀がある。ここから東は今戸、西は寺島の間を流れて川は次第に南にゆき、西が深く、東が浅いが、しばらくして勢いが変って東が深く、西が浅いようになる。

○長命寺の下流、牛の御前祠の前辺りは水が特に深く、いわゆる

○墨田の長堤も近くで水と接するので、陽春の三月頃は、水が洋洋とし、花が盛りと咲いていて互いに映えて、絶妙の画趣や詩興となる。特にこの辺りから吾妻橋の上流までは府内の各

学校の生徒や銀行会社の役員たちの端艇競争の場となるので、春秋の好い季節には堤上と水面とはともに人人が満ちあふれて、歓笑の声が絶えず湧いている。
○竹屋の渡し場は牛の御前祠の下流一町ばかりのところから今戸に渡る渡し場で、吾妻橋から上流の渡し場では最もよく人に知られている。船に乗って渡る半ばで眼をむけると、晴れた日は川上のはるか遠くに筑波山が望め、右に長堤、左に橋場、今戸から待乳山が見える。もし秋の夕方など空の一方に富士を見る時は、ほんとうにこの渡しの風景は一刻千金といえて、画家たちが時どきこの渡しを画題とするのも無理ないと思われる。渡し船が着くところに堀が北西に入っているのは
○山谷堀で、幅はまったく広くはないがすぐに日本堤に下り、むかしの吉原通《よしはらがよ》いして遊びほうける遊治郎《ゆうやろう》たちが使ったといわれる屋根のない猪牙船《ちょきぶね》を乗り入れる堀で、「待乳沈んで梢のりこむ今戸橋、土手の相傘、片身がわりの夕時雨、君をおもえば、あわぬむかしの細布」という唱歌の歌い出しは、まさしくこの堀のことをいっているのだ。いまでも南岸の人家にむかしの船宿のおもかげが少しは残っている。
○待乳山には聖天の祠があって墨堤から見ると風景がたいへんよい。あわれとは夕越えてゆく人も見よ、戸田茂睡の歌の碑は知らない人もなく、……の多い文章を嘲って、待乳山の五丁の碑じゃあるめえし、と某先生が戯れられたその碑が今も立っているのが滑稽である。ここの舞台は隅田川を俯観するようにできていて、月夜の眺望が四季を通じてよく、雪の朝に瓢《ひさご》

酒《ざけ》を酌《く》んで、詩を吟じ歌を考えたりするのはさらに絶妙である。風雅を知る人は眼下を見下ろす快感から、私の言葉がその通りと悟るであろう。待乳山の対岸のやや下流に

○三囲《みめぐり》祠がある。中流から望むとその鳥居の上の方だけしか見えないので、見る人は初め疑ってから三囲祠と分かる。この祠の付近から川を隔てて、すぐ近い浅草の観音堂や五重塔、凌雲閣などが眺められる。この辺りの堤の下、また上は柳畑辺りから、三囲祠前の下流の数十間までが有名な

○鯉釣場で、いわゆる浅草川の紫鯉を産出するところなので、漁獲は全然多くないにちがいないにもかかわらず糸を垂れている釣客が少なくない。川はこれから山の宿町、花川戸、小梅町、新小梅町を下って吾妻橋に至り、それまで東岸の方が深かったのが変って、中流もしくは西の方が深くなる。新小梅町と中の郷との間で堀が東に入り

○枕橋、源森橋を過ぎて業平町に至る。この水路は狭いが深く、やや大きい船が通れて、業平町までいって左に曲がれば、いわゆる

○曳舟川に出て、田圃の間を北にゆき、はるかに亀有に達し、なお先の琵琶溜から中川まで行きつく。ただし源森川と曳舟川との間には水門がある。また源森川の流れを追って右にゆくと、いわゆる

○横川に出る。横川は業平橋、報恩寺橋、長崎橋を過ぎて、総武鉄道の汽車の発着所である本所停車場の側を過ぎ、北辻橋の南で隅田川と中川とが繋がる堅川に合流し、南辻橋、菊川橋、

猿江橋の下を通り小名木川と会い、扇橋などの下を通って十間川に出会い、さらに南にゆき木場に至る。となると源森川はその関わるところは少なくなく重要な流れである。将来、市区改正がされた時は、この源森川と押上の六間川（あるいは十間川ともいう）との間の二町ほどの土地は開削されて、二本の川は連繋されるはずである。もし通ずることになれば、この川は隅田川と中川とを直接つなぐこととなって、しかもその距離が堅川と小名木川に比べて短いので、人人が便利を感ずるのはひとかたならないはずである。さて枕橋を左に見て、大川を南に下り

○花川戸への渡し場を過ぎ

○吾妻橋を経て、左りに中の郷、右に材木町を見て下れば、川は除除に西岸に沿って深く、東岸の方は浅くなる。遊女の句で有名な

○駒形の駒形堂を右に、駒形の渡船場を過ぎ、左に長屋越しに馬場の多田の薬師の木立を見ながら少し下れば

○厩橋である。厩橋の下流、右岸に昔の米倉の跡がいまでも残り、唱歌で「一番堀から二番堀……」と細い堀が数多くあり、堀ごとにすべての水門がある。首尾の松はこの辺りである。猪牙船の製造方法はすでに詳しく分からないが、小蒸気船の進歩が次第にめざましくなった今日、旅人の昔を懐かしむ思いは、詩人の想像にも上らなくなるであろう。米倉のある敷地に電燈会社があり、空にむかって煙突がそびえて黒煙を吐いている。本所側では電燈会社の対岸を下って東に入る小さな堀がある。御蔵橋がこれに架かっているが、陸軍倉庫の構内に入る。米

倉の下流、浅草文庫の下流にはさらに西に入る小さな堀がある。
○須賀町から曲がって蔵前通りを過ぎて二股となる。北に入るのはいわゆる新堀で、栄久町、三筋町などに沿い、菊屋橋、合羽橋などを過ぎる。この一本の水路はたいへん狭隘で不潔であるが、汚穢物その他の運搬には重要な位置を占め、不快きわまりない水路であるが、それを忌み厭うひまがないくらいに不相応しくない大きな船が頻繁に出入りすることから推し量るべきである。また浅草区一帯の土地が低く湿地で燥きにくいにもかかわらずこの堀によって間接的に乾燥させられていることがあることを知れば、浅草区は感謝すべきである。その西に入る堀が猿屋町、鳥越町の間を経て、下谷竹町の東、浅草小島町の西に行きつく。これがいわゆる
○三絃堀《しゃみせんぼり》である。この一本の堀もまた不潔と狭隘で人の厭うところだが、これまた湿気を排除するためと水上運送の便のために重要な堀である。元来、下谷は湿気の多い土地で、西に湯島、本郷の高地を背にし、ひとたび雨雪が大量に降れば、高いところの水は低いところに流れきて、下谷は大きな貯水池となる。なかでも御徒士町、仲徒士町、竹町などは氾濫の中心となるほどである。三味線堀はいまも不忍の池の水を受け入れているとはいえ、これを改修し拡大して立派な堀とし、また川を分岐して竹町、仲徒士町などを経て南の秋葉の原鉄道貨物取扱所構内の水路を通じ、神田川に達しさせなければ、水上運送の利便は必ずしも大きくならないという。しかし衛生上の有益は決して小さくはない。さて隅田川はいよいよ下って、浅草瓦町、

本所横網町が終ろうとするところにきて

○富士見の渡しがある。この渡しはその名のとおり、最もよく富士山が眺められる。雲が火のように赤い夏の夕方、また日ざしが麗らかで空が澄んでいる秋の朝などは、あるいは黒黒と聳え、あるいは白妙に晴れたのを望む景色は神神しくて、さすがにしばしば塵芥の舞う東京にいることを忘れさせる。

○百本杭は渡船場の下流で、本所側の岸の川中に渡り出た懐をいう。岸を護る杭が多いので百本杭という。この辺りの東側は深く、百本杭の周辺は特に深い。ここで鯉を釣る人が多いのは有名である。百本杭の下流の浅草側を西に入る川は

○神田川である。幅はそれほど広くはない川であるが、船の往来が多く、船が前後に連なり左右に接するほどになるのは、川筋が繁栄している場所で遠くは牛込の荷揚場まで船を通すからである。この川は音楽や舞踊で有名な

○柳橋をくぐり、また浅草橋、左衛門橋、美倉橋などを経て、豊島町で左からくる川と合流する。この川は

○神田堀の支流で、すぐに東南にむかい、中州下で隅田川に入るのだが、日本橋区を中断して神田川と隅田川を結びつけるこの流れに

○柳原橋、緑橋、汐見橋、千鳥橋、栄橋、高砂橋、小川橋、蠣浜橋、中の橋、その他が架かっている。材木町、東福田町の先でこの流れと合流する川は

○今川橋を流れる神田堀で、御城外濠から竜閑橋その他を通ってきたのである。
○外濠は神田堀から右にゆけば神田橋、一ツ橋、雉子橋を経て俎橋に至り、いわゆる飯田川となり堀留につき当たり、左にゆけば常磐橋などを通る。さて神田川は先に述べた柳原橋の流れと会うところから上流の
○和泉橋から昌平橋、万世橋、御茶の水橋、水道橋、小石川橋を過ぎ、飯田橋の手前で西北からきた江戸川の流れを呑み込み、飯田橋上流の牛込揚場で終る。外濠はこれで終るわけではないが水上運送の便は揚場で終り、これで神田川の名もなくなる。
○江戸川は水道の余ったもので流れは清く、水量も川の小さいわりには潤沢であるが、小舟のほかは往来できないので舟運は少ない。神田川のうちで、水道橋辺りから
○御茶の水橋の下流までは、狭い範囲のそれほどの風景ではないが、岸が高く川が狭くなり、樹木がうっ蒼とし、奥深く静かなよい趣がある。むかし人徳者や文人から茗渓と呼ばれたのはここである。女子師範学校、高等師範学校の下流、教育博物館の所在地はむかしの大学のあったところで、いまも孔子を祭った大成殿その他の建築物が保存され、境内もおおよそ古いままで残されていて、昌平學の儒者であった塩谷宕陰の二十勝記のおもかげが残っているところも少なくない。茗渓から下流
○稲荷河岸は小船の乗り場揚り場としてむかしからよく知られているところで、美倉橋の下流、左衛門橋、浅草橋、柳橋付近には釣船、網船その他の遊船の宿が多い。神田川の落ちる所

から少し下がると隅田川で有名な両国橋がある。

○両国橋の名は東京に来たことのない人でも知らない人がないほどで、いまさらとりたてて語るまでもない。橋の上流、下流で花火を揚げる川開きの夜の賑わいは、寺門静軒が書いたむかしといまも変っていない。橋の下流を少しゆくと東に入る川がある。これを

○竪川という。竪川は一ノ橋、二ノ橋、堅川橋、三ノ橋、新辻橋、四ノ橋などを通って、大島村、小名木村、亀戸村、深川出村、本所出村などを過ぎ千葉街道に沿い、ついには中川の逆井橋の下流に出る川で、非常に重要である。特に隅田川と中川とを連結する間の松井町で南に入り小名木川に達する堀（この川は途中で二本に別れ、その一本はすぐに南にむかって小名木川に繋がり、他の一本はあちこち曲折して富川町で小名木川に会う）と合流し、菊川町で北辻橋、南辻橋の間の横川を貫き、四ノ橋の東を少しいったところでまた

○天神川と十文字に合流するなど、その往来する区域は非常に広く、水上交通の利便は大きい。天神川は亀戸天神の祠の前を流れるので名づけられた川で、南は砂村から北は請地村《うけじむら》までを南北に流れる堀で、丁字形をつくり請地で合流する川は、西の中の郷で堀溜となり、東は境橋を過ぎて中川に達する六間川がこれである。であるから天神川は、横川と同じような位置を占めていて、同じ働きをしているといえる。竪川はこのよな天神川、横川などを貫きしかも隅田川と中川とを連結しているのであるから、将来はこの川沿い一帯は工場が集積する場所となるであろう。この竪川が隅田川と合流する場所から矢の倉町までの渡し船を

○千歳の渡しという。この辺りの川は南東に流れ、西岸が深く安宅《あたけ》町の先の東部に洲をつくるようになる。
○安宅の渡しは、洲の下流の浜町と安宅との間にある。渡船場から数町いくと
○新大橋がある。川はここでまた曲がって南西に流れる。新大橋の下流ですぐに
○中洲が川の西部にあり、堂堂と島をつくり、料理屋の類の商売をここで代代するものが少なくない。中洲の対岸で遠く東に入っていく川を
○小名木川という。芭蕉が居宅をもったのはこの川の北岸で、満潮の波がしらに川辺りにむかってくる川の勢いに乗って照り渡ってくる月を句に歌い、はたまた五本松辺りの川の上流、下流に同じ月を観ているのであろう友を思うなど、すべてここに住んでいる時の風雅の慰めと思われる。
○万年橋はこの川口に架かる橋で、むかしは罪人を伊豆の諸島に流罪にするのに、この橋と永代橋の畔から船を出したもので、ここからの者は有期であり、永代橋からの者は無期であるという習わしがあったという。橋から少し東へいったところに堅川に通ずる小さな堀がある。さらに東には高橋、新高橋を過ぎて、扇橋、猿江橋の間の横川と合流する。また東にいけば天神川と十字をつくり、ついには中川と合流する。
○新川はあたかもこの川に接続するように中川から東南に入る流れであり、東側に遠く去り、利根川の分流である江戸川の妙見島の上流に出る。江戸川は溯れば利根川の本流に出会い、利

根川は下って銚子にいたる。水路がこのように通じていて、小名木川は細い糸のような堀にもかかわらず、荷足船、伝馬船、達磨船、蒸気船が行き交い、毎日、昼夜にわたって艪の音、帆柱の影が絶えることはない。小名木川は重要な川である。いますでにこの川一帯は協業経営者たちが占有しているところが多く、将来の発達は計り知れない。小名木川が大川と会うところから少し下れば、また川が東南から合流してくる。

○仙台堀がこれで、また十間川と呼び、東に流れて二十間川ともいう。上の橋、相生橋、亀久橋などから、木場の北にゆき、要橋、崎川橋を過ぎ横川と会い、さらに東に流れて石小田新田、千田新田の間を通り天神川に合流して終る。この川から天神川に出て、少し北にゆき、あるいはまた小名木川から天神川に合流して少し南にゆくと東南に入る堀がある。これが

○砂村川というもので、砂村を過ぎ中川に至る。隅田川から中川までには小名木川、竪川があり、この小さな堀は無用のようであるが、風や潮の具合で時に舟人が便利とすることがある。仙台堀と油堀とを繋ぐ小さな堀は一本だけではなく、また木場付近の大和橋や鶴歩橋が架かった堀やその他の小さな堀はいちいち書くことができないほど多いので省く。このように木場は堀が縦と横に走り、川が多く地面が少なく、一本、一本を書くことはできない。仙台堀の入口から中洲へ渡る

○中洲の渡船場がある。渡船場から一町ぐらい下流に小さな堀が東南から入る。いわゆる

○油堀がこれで、仙台堀と同じで木場に達する堀であり、二本の川には材木船や筏が多いこ

とは納得できよう。深川側はすでに書いたが、日本橋側には仙台堀の対岸に神田川に達する川が西北から入り（既説）、中洲の背後から箱崎と蠣殻町との間には川があり、油堀と大川が会うところから下流に豊海橋を潜って西北にいく川もある。流れに沿って溯れば、まず

○豊海橋、湊橋から

○鎧橋に届く。鎧橋の上流、思案橋、親父橋を過ぎ堀留までの川が、荒布橋、中橋を過ぎて同じく堀留に入る。支流に入らず本流を上れば江戸橋にゆきつく。

○日本橋を通り、ついに一石《いっこく》橋から御濠に出る。御濠は西の滝の口に繋がり、南の呉服橋、八重洲橋、鍛冶橋、数寄屋橋まで船が通う。豊海橋から一石橋までの水路で、南西に別れて霊岸島と亀島町の間を流れるものは、新亀島橋、亀島橋や高橋を下って本澪《ほんみよ》に入り、兜町の先から別れて南西にゆくものは兜橋、海運橋、久安橋その他の橋を過ぎて京橋川に合流する。

○永代橋は隅田川の最下流の橋で、これから下流には橋はない。（後に相生橋ができた。）橋の下の流れは深く広く、遠く海上を望む風景が開けて大河の河口にふさわしい趣がある。下流の佃島、石川島、月島が大きな島となって横たわっている。これはいわゆる三角洲に人工の修築を加えたものである。川は分岐して海に入るようになる。

○三ッ又の名はこれから起り、一つは築地に沿って西南に、一つは越中島に沿って東南に流れる。西南に流れるのが本流で

○本澪と呼ばれる。本澪は水深があり、大きな船が停船できその数も多い。永代橋から下流

は川幅が非常に広く、また前述のように二つに別れているが、便宜上まず東と西の二つの流れから書こう。まず西岸は、永代橋から少し下流で西に入る小さな堀があり、三の橋、二の橋、一の橋の三つの橋を過ぎて亀島橋の下を流れる川と会う。

○大川口の渡しはこの堀の下流にあり、深川と越前堀の間を結んでいる。渡船場から一町余りで二本の川が北西から合流して、その右は高橋すなわち亀島橋からくるもので、その左からくるものが

○京橋からの流れである。京橋の流れは御濠の鍛冶橋南から比丘尼橋、紺屋橋を経て、京橋の東炭谷橋、白魚橋に出て、ここで南は真福寺橋からくる川と、北は兜橋から弾正橋へくる川と合流し、さらに桜橋の東で南からくる堀が入り、中の橋、稲荷橋を通ってここに至る。この下流の本湊町、船松町の間に川がある。明石町の外国人居留地を南に走って新栄橋の川に通じる。船松町、佃町の間に渡船場がある。明石町の南の

○明石橋を通る川は、築地一丁目、二丁目、三丁目をめぐって流れる采女橋、万年橋、祝橋、亀井橋、合引橋、築地橋、軽子橋、備前橋、小田原橋、三の橋などの堀に通じる流れであり、栄橋、新栄橋を過ぎてここにたどりつく。

○南小田原町の南、海軍省用地の北、安芸橋の架かる川は三の橋の下流で、三の橋の上流から南にある海軍省用地に沿って尾張橋を過ぎ、浜離宮の脇から船の通る深い水路と繋がる。

○浜離宮の北、離宮と海軍省用地の間の川については、前に書いた。別に離宮の西、汐留町

との間を流れすぐに海に入る流れは、土橋、難波橋

○新橋、蓬萊橋、汐先橋を流れる水の末端である。

○三十間堀すなわち真福寺橋の流れの続きで豊倉橋、紀ノ国橋、豊玉橋、朝日橋、三原橋、木挽橋、出雲橋などを流れる川は、前の川と新橋下流、蓬萊橋の上流で丁字形で合流する。新橋の堀は御濠に通じるので土橋から西に流れるわけではないが、地勢が高低で隔たっているために、土橋から西には船が通じない。汐留堀から南は品川までただ一本の

○赤羽川があるだけである。赤羽川は渋谷橋の下流をいい、遠く幡谷《はたがや》の方からくるのだが、その水上交通が役立つのはガス会社と芝新浜町との間の川口流れ落ちるところから溯って、金杉橋、将監橋、芝園橋、赤羽根橋、中の橋付近までで、中の橋からかろうじて一の橋辺りまで小舟が通るだけである。永代橋から南の深川寄りについて書けば、熊井町から大島町に沿って越中島の北の方を、富岡門前町と並行して木場にゆき、またその南を東にむかい遠く洲崎の遊廓までゆく堀がある。たしかに

○内川というのはこれであろうか。江戸本船町の偽作者・振鷺亭《しんろてい》が懇意にしていた妓に、「大河の恋風は浮気な頬をなぐり、内川の旭は眼が覚めても睡《ねむ》い」といわせたのも、古石場町、富岡門前町などを流れるこの川を指しているのであろう。別に熊井町、中島町の間を北にゆき油堀、仙台堀を連ねる川がある。深川側の川や堀は概要以上のようである。

佃島と月島との間、月島六丁目と七丁目との間にはそれぞれ堀があり、舟の通る深い本流と

上総本流の往来の便に生かされている。

東京の堀の概要は前記のようである。ただし

○下田川という名称を私はまだ書いていないが、明治以前の雑書に稀に下田川を記したものは、川があって下田川というのではなく、永代橋の下流、隅田川本流の佃島に近いところを指していうのである。

川と堀については大体書いたので、これから少し海について書こうと思う。

東京は全体的に南の方は海に面していて、隅田川の南は海に注ぎ、それにともなって発展してきたところなので、芝区や品川の西南で海に面して湾曲している以外は、砂丘などが突出して眼を遮るものはない。大川の流れが自然と土砂を流出し、きわめて自然な状態で遠浅の海底を形づくるなかに、佃島の東の水深があり舟の通れる航路が遠く南品川の沖に達するものと、佃島の西、上総澪の月島の下流に至るものとの二つがやや深い水路となっていて、岩礁があるわけでもなく、特別の潮路が行き来するのでもない。

たしかに東京の前面の海が遠浅なのは、隅田川、中川、江戸川から流出する土砂が自然に堆積したためであったので、砂洲が意外に広くなり、前にあげた二本の航路のほかは大きな船が行き来できないのも怪しむに足らないといえる。東京湾の主たる航路は第五、第二の砲台の真を南へゆくのだが、深さはおよそ四メートル以上あり、上総航路は深さではるかにおよばない。

水深はこのような状態なので北品川の突き出した陸から東北にむかって海上に建設されてい

る造船所、第一台場、第五台場、第二台場、第六台場、第三台場、未完成のままになった第七台場付近が、少し深いのを除いて、月島の下流、芝浜沖、東の方は越中島沖、木場沖、洲崎の遊廓沖、砂村沖もたいていすべて春の終り頃の大干潮にあらわれでる砂洲となり、この上に都内の人人たちが

○汐干狩りの行楽地として、春の終り夏の初めの風が吹きのどかな気候で暖かな頃、蛤を爪の紅い手に取り、銛を手にして牛尾魚《こち》、比目魚《ひらめ》を突く漁場があるところである。

釣場、投網の場も多くはこの砂洲にある。海苔を育てるための「ひび」という麁朶《そだ》を海中に柵《さく》として立てる場所も、この砂洲の上であったりその付近である。中川の航路は洲崎の沖に東からきて横たわっているが、東京湾の主たる航路、上総航路、台場付近とともにこれらの航路筋も釣場である。

東京湾はとてつもなく広いが、品川以北で中川以西すなわち東京の前面の海は、たいていいま書いたとおりである。もとより短時間の概略なので尽したとはいえないが、おおよそは書いた。むかし、後魏の酈善長《れきぜんちょう》は気高く徳があり古今の書物に通じていて、天下の奇書を読破して「水経《すいけい》」の註四十巻を著したのだが、後になってついには陰磐駅に包囲され水がなくて、力およばず賊に殺されたということがある。

私もいま水の東京を語るといっても、詳しくはないが、必ずしも水が飲めなくなる惨状に出会うことがないとはいえない。笑い話ではあるが。

（明治三十五年二月）

あとがき

「一国の首都」で露伴がいいたかったことは何だったのだろうか、と考える。

首都東京に住む東京人にもとめる自覚は、執拗ともいえるほどである。『努力論』にみられるように、都民《みやこのたみ》が揺ぎのない毅然とした心構えをもつことが世界にむかって東京をつくりあげていく前提であり、それができていれば成就する可能性の高さを指摘する。

そのうえで東京の姿と形、都域の決定、政治、行政機関の配置、市との関係と業務内容、交通機関、幼稚園などの教育機関、用途地域、警察制度、衛生、上水、下水、賭博、壮士などに触れ、東京の実情への分析と露伴なりの対策を提起している。

たとえば階層を高くする建築物、車輪の広さに反比例、荷の重さへ比例した課税などは、街づくりの基本と目的税を先取りしている。しかしながら特記すべきは、全文の三分の一以上の枚数を賭博や遊廓などの風俗に割いていることである。

産業発展論として今日では当然視されている、第一次、二次産業の農業、漁業、工業、製造業から、第三次産業であるサービス業としての遊廓への比重の移行を、社会変化の顕著な例として詳説したかったのではないか、と思われる。そしてまさにこの傾向は、今日の情報化社会では日常である。露伴の警鐘と提案、危惧と戸惑いの表情と姿を窺《うかが》いつつ訳し終えた。「水の東京」は、江戸時代の舟運が当時の主な流通、交通機関であったことをあらためて想起させる。東京は津波、高潮対策を講ずるとともに物流、観光にも存分に水の東京を活用すべきである。水の音、反射する光などを生活にとりもどすことだ。

読者の批判をまちたい。

この本の刊行にあたり、妻紗千代、長女洋子、河野紀子（二女）はもとより事務所スタッフ、はる書房・佐久間章仁氏の協力に感謝する。

首都東京の東京都議会議員としての宿願を果して

平成二十五年五月

東京都議会議員・訳者　和田宗春

著者紹介

幸田露伴（こうだ・ろはん）

1867（慶応３）年生まれ。明治・大正・昭和期の小説家。電信修技学校卒業。電信技手として北海道へ赴任したが、文学を志して職を辞す。『風流仏』『一口剣』『五重塔』など多くの名作を発表、随筆・史伝・評釈などでも優れた業績を残した。「露伴全集」全41巻。1937（昭和13）年第一回文化勲章を受賞。1947（昭和22）年死去、享年81歳。

訳者紹介

和田宗春（わだ・むねはる）

1944（昭和19）年生まれ。早稲田大学第一商学部、教育学部、大学院政治学研究科修了。現在、文京学院大学非常勤講師、東京都議会議員、第43代議長。剣道練士六段、居合道五段、杖道四段。著書『青い目の議員がゆく』『有権者意識に聞け』（共著）『最年少議員奮闘記』『スキンシップ政治学Ⅰ・Ⅱ』『いろは歌留多の政治風土』『サクセス選挙術』『奪権』『覚悟の選挙術』など、訳書にＣ・Ｅ・メリアム著『シカゴ』『社会変化と政治の役割』、Ｐ・アーノルド著『英国の地方議員はおもしろい！』、アントニー・ジェイ著『政治発言』。論文「メリアム研究」（文京学院大学紀要）。最新刊に現代語訳、幸田露伴著『努力論』がある。

＊

連絡先：〒115-0043 東京都北区神谷 1-28-8　和田宗春事務所
電話 03-3911-3367　　ファックス 03-3911-3213
e-mail　wadamune@kitanet.ne.jp

一国の首都　ありうべき首都論と「水の東京」

二〇一三年六月一五日　初版第一刷発行

著　者　幸田露伴
訳　者　和田宗春
発行所　株式会社はる書房
〒一〇一―〇〇五一　東京都千代田区神田神保町一―四四駿河台ビル
電話・〇三―三二九三―八五四九　FAX・〇三―三二九三―八五五八
http://www.harushobo.jp/
装　幀　黒瀬章夫（nakaguro graph）
組　版　有限会社シナプス
印刷・製本　中央精版印刷

ISBN 978-4-89984-133-3　C 0095